# 吹不散心頭上的身影

王建生散文選

# 自序

我的生活簡單，高中畢業前，居住在屏東佳冬石光村鄉下。家中院子，滿園果樹。院子外面，茂林脩竹，涌泉奔流，滔滔不絕。（今溪水已乾涸）。遠處，山巒相映，牧童引歌，過著日作夜息的農村生活。也因此，從小喜歡大自然，喜歡山水。以後唸大學，研究所，東海大學任教，五十多年的歲月，長居大度山上。常年看著綠樹蔥瓏，山花鮮麗，聽著鳥禽蟲鳴，隨風而起。東海湖，湖面雖小，噴泉四溢，如雨點般的落下，水波漣漪，與游魚上下。閒立其旁，引來諸多聯想。

本書分三篇。《山中生活篇》，敘述平日大度山生活點滴。從早晨開始，陽光，光波灩斂，涼風習習。其中，教堂、教室、農牧場，猶如天上仙居。山上曲折的路，就像血管，分布全身。還有山之雨、山之鳴等等，總有說不盡的風華。或閒情記憶，記憶山中友朋，也記錄大學時代學習的經過。還有我任系主任時，洪頤瑄同學獲得金馬獎新人獎，轟動一時，也隨之記錄。也有追憶昔日與系友到大雪山遊，與其他學校師生至長江三角洲考察等等，豐采的生活，如在眼前。

《師友篇》，是因為在東海受大學教育，諸多師長，有如父母般照顧學子，而同事，有如兄弟姐妹般的情誼，隻言片語，總在心中徘徊。老師們雖然仙逝了，留下的典範，時時浮現他們的身影。尤其夢中，偶亦浮現，掛記往日情懷。昔日的同事，好朋友，也因年歲逐漸增長，暗生惆悵。而鍾慧玲教授也已仙逝，不甚唏噓。我早期教導的學生，不少同學在學界或各領域，都有傑出的表現，令人心慰，今已成為朋友。書中所提到的幾位，是大學畢業後，時時惦記著我，年節寄卡片祝福，或來校探望，如此真情，讓自已體會到「得天下英才而教育之」的喜樂，難怪孟子認為「王天下不為也」。同此感慨，不愧此生作育英才。

至於《親屬篇》，對先人的悼念，亦是慎終追遠之意，尤其父母親的恩惠、教誨，更是終生難忘。也敘及姐弟情深，多少年來的情誼，常在記憶中。提及姻親，表達關愛之情。在這紛紛擾擾的社會，一個家庭，努力耕作，自給自足，還能夠安定的生活，也算是福分。這些點滴的記憶，常駐我心。

記得我初高中同學陳秋坤研究員（臺大歷史系畢業，後任職中研院近史所），在高中時代，有一次跟我半開玩笑的說：「你文筆好，要活的久一點，好為我們一些朋友寫寫生平事蹟」。那個時候，我不介意。現在想起來我的確也為一些師長、同事，撰文做了見證，見證人世間的真情，只有這份真情，能日久愈芬芳。反顧腥風血雨的社會，為爭名奪利，絞盡腦汁，暗算隸屬不同顏色的「敵人」，令人膽寒。這就是「民主」？書中所提到的許多人物，過著平淡的庶民生活，平平安安，何嘗不是得來不易的福分。

書中《親屬篇》及部分《師友篇》文章，是新作。《山中生活篇》及部分《師友篇》作品是從昔日著作選錄。我最早的作品，刊登在《東海文藝》季刊，或者《東海人》校友刊物，吳福助教授等人主編的《大度山上——東海文選》（一九九九年）也有選錄〈大度山居〉。本書匯集昔日文學著作，如《王建生詩文集》（自刊本，一九九〇），後選入《建生文藝散論》（臺北，桂冠，一九九三）。其他包括《心靈之美》（臺北，桂冠，二〇〇〇年），《山濤集》（臺北，聯合文學，二〇〇五年），《山中偶記》（臺北，釀出版，二〇一二年）。本書部分文章便是從此選出，不過部分文章文字有些修補。現在把昔日印象較深的師長、同事、同學，家族成員，以及大度山的風景、生活結合起來，山上年年有山風吹拂，吹散了落葉，吹散了人潮，只不過真如書名所說的「吹不散心頭上的身影。」

王建生　大度山上

二〇一八年五月　母親節

# 目次

自序 3

## 山中生活篇

大度山居 13
閒情散記 21
羊蹄甲 33
我的大學時代 35
山中偶記 41
年俗與我 45
瑄聲金馬躍——「洪顥瑄同學獲得金馬獎慶功茶會」致辭 65
大雪山一日遊——中文系系友會紀實 69
南京大學主辦「兩岸大學生長江三角洲自然暨人文地理考察活動」參訪記 73

## 師友篇

春山猶蒼翠，年年杜鵑紅——懷念蕭繼宗老師 79
秉春秋大義，著書與身齊——憶徐師復觀 83
長者風範，如沐春風——令人懷念的高師葆光 87
精通語言，幽默風趣——記憶中的方老師（師鐸） 89
專擅文字、文學，生活樸實——憶江師舉謙 93
率性詩人——追憶孫師繭廬（克寬）二三事 97
博學多聞——憶梁師容若 101
陳問梅老師二三事 103
梅校長可望博士九十壽辰 105
值得敬佩的校長——梅可望博士 107
能吏與名師，詩翁同禪客——憶巴壺天老師 109
忠厚長者，書人相依——懷念王天昌老師 111
學書記——兼懷朱師龍安（雲） 113
中國山水畫井松嶺大師 115

此地一遠別，迢迢隔青天——懷念祁樂同老師 119
謙謙君子，徐徐如風——懷念藍文徵老師 123
敬悼鍾教授慧玲 125
老朋友——李金星教授 129
稟性聰慧的劉昭明教授 131
志在天下的張志誠副院長 133
淡定人生的見日法師 135

## 親屬篇

祖父、母 139
父親 141
母親 149
二位姊姊 153
內人及女兒 155
二弟生全 159
儉家三弟 161

成旗四弟　163
姻親　165
附錄　本書作者著作目錄　167

# 山中生活篇

# 大度山居

## 山之晨

大度山的早晨，陽光和煦，除了冷冷寒天，總可以看到綠葉上光波灩瀲，涼風習習。排列在鐘樓兩旁的院館、大樓，立在坡上，浮離市囂，猶如空中仙居，一塵不染；古典而莊嚴的形象，是師者所以傳道、授業的地方。六十餘年來，黌宮學府，絃歌不輟，不知蘊育了多少人才！道旁的榕樹，館院間的相思林、竹叢，濃濃鬱鬱，古老蒼勁，時時傳出鳥鳴、蟲聲，與心上下。

金碧輝煌的路思義教堂，合掌膜拜地矗立雲端，貫通天人，上帝愛世人，總是時時刻刻提攜子民，向上向善，化育學子；求真、篤信、力行，指引迷津。何以有些菁菁學子自嘆「失落的一代」、「無根的一代」？甚至迷失在燈紅酒綠之中？

越過小橋、流水，沿著林木芬芳的柏油路面，幾番曲折，遠望農牧場，平疇牧野，綠波似海。近處青青草端，透著晶亮的水珠，一閃一爍。牛廐上的牛群，一口一口的咬著乾草，在兩腮間嚼來鼓去，好似童年時代，媽媽做年糕時，用磨子磨呀磨地，把粗粗方方的米粒，磨成一股白色的米漿，沿著糟溝流到桶子。人在滾滾紅塵中，磨呀磨呀，原來顆顆的米粒，是否也化成一道道水流，順流而去。

牧場上的太陽又大又紅，太陽的光芒，無偏私的照臨大地。萬物因此生長，也因此枯萎；或消或長，總是不停地循環。晨光綠野，提攜多少英雄豪傑，亦送走多少遊子浪人，如潮去潮來，永無止息。

## 山之人

大度山的人，是有情味的。

情是熱情、溫情、感情。記得從前剛考上東海，已經有學長到寒舍拜訪，並作介紹、指導，使我的內心，早已升起溫火。到了學校，熱情的東海服務團，已在火車守候，一說是東海同學，從車站到宿舍，打包票的，服務得週週到到，進入宿舍，有許多學長，吩咐東、叮嚀西的，這就是東海人。

上了課，教授們不厭其煩的講解、學生們或爭先恐後的發問題，或不停地抄筆記，各忙各的。下了課，或上圖書館蒐集資料，尋找參考書，或上老師家稍坐，閒話古今，有時還烹、煮，調理一番，笑聲融融。有的到郵局前東張西望，有的回宿舍清談一番，極盡人生百態。

學生是來自四面八方的，各路英雄好漢，齊聚山上，不管臭味相投與否，四、五年的融合，個個都有山味。該感謝聯考吧！由於它的一線牽，月上樓頭，人約黃昏。也許東海男女生人數旗鼓相當，又僻居荒野，因此同學們羨慕「內流」，隻身入山，卻是成雙飛出東海——這就是所謂的一等婚姻！

山之人，有修長的身子，散散的秀髮，平平的布鞋，融在青山綠地中，忘記人間煙火，世界寬窄。縱然，山之外有狂風暴雨，滿路荊棘，但此時的山中人，是在享受前世修來的福分呀！

## 山之路

山上的路，是多樣。從路的大小分：有筆直大道、車如流水；有迂迴小徑，出雙入對；也有不大不小，或曲或折的林蔭道路，或踽踽獨步，思追古人，或摩頂拍笑，得意忘形。如果從路面結構說，有柏油路、石板路、和泥土路。

路是人走出來的，一點都不錯；早期學校規劃時，只有正正方方的柏油路，後來，學生多了，遊客如織，林蔭下、青草地，走出了許多路，有的，學校為適應「潮流」，鋪了石板。有的還是泥土芬芳。不管怎麼說，這些大大小小的路，就像人體的血管，分布全身，聯絡全校。

山上的人，因為不習慣，常常忘記大度的路是與別地的路不同。山上的路，不論大小，路旁總溢滿了青草、樹木、花卉，如果你仔細的想，這些花草樹木，正是山中人靈性的泉源。看那熙熙攘攘、煩煩囂囂的市區，除了滿腦名利，滿身銅臭的俗人，那有時間去看、去想小草的吐芽、生長、開花？還有松樹的挺拔，竹子的根節？

不管怎麼說，山上的路，不止是溝通了全校師生，男女同學的心橋，更是培育靈性、啟發智慧的源頭。走著，走著，那無盡無窮般的路，正導引、開啟你偉大的人生，遼闊的心胸！

## 山之雨

藍藍的天，忽而烏雲片片，由毛毛細雨，到斗大雨滴，有如傾斛珠，淅瀝嘩啦，門前排排水流，夾著黃土，匯成滔滔滾滾濁流，覆蓋青青草地。平昔活潑兒童、頑皮貓狗，瞬間遯身不知去處。

望著窗外雨景，記起小時候提著「腳桶」（水桶），和弟弟欣賞天上掉下的雨，落在桶子裏，泛著圈圈的淪漣，就像爸爸抽煙的煙圈般，好多好多，數不盡。接著，就是兄弟倆打水仗了。有時，碰巧爸從田地裏扛著犁、牽牛回來，全身濕漉漉的，看到我們兄弟在雨天玩水，不由得怒罵幾聲。

唸大學，離開家鄉，雨珠滴在手上，沒有聽到弟弟的嘻笑聲，也聽不見阿爸的怒呵聲。看不見笨重的簑衣、斗笠，而是滿路撐著黑傘、花傘的人，時而可以看見傘在空中旋轉。有的人縮進車子，只見擋風玻璃前的雨刷，像時鐘不停的左右擺動。

前二年，雨來得特別少，據家人說田地乾裂了，裂成一塊一塊。土地上的稻子，一株株的枯死，我望著天空，天空依舊藍藍。今年，老天或許是為著補償前些年的「內疚」，黃梅雨、颱風雨、西北雨……夾著雷霆萬鈞的氣勢，一次又一次，淅裏嘩啦的下著，大水搶奪了無辜生命，淹沒了稻田，攘奪了財物，又成了災害。該謝天呢？還是恨天？只是天空依舊默默。

山上的雨，迷迷濛濛，佈成濃濃的雨，匯成了巨流，淹蓋了青草，流到山底，山底低窪處，似乎聽到呼救的百姓聲，沈浮的財物，與水波上下。

## 山之鳴

大度山的聲，遠近聞名。有各類的鳥啼、各種蟲鳴，還有風聲、音樂聲，以及劃空而來的喇叭聲。

只有你坐在、躺在樹下，四處的啼聲便紛湧而至。啾啾的、呱呱的、格格的、嘰嘰的，或輕叫兩下，或咯嚕咯嚕不停的叫，總會讓你的耳根忙不過來。對於住慣市區的人來說，此時要比吹冷氣、喝密豆冰還清爽舒透。這些鳥兒，或在樹上跳躍，或在地上覓食，舉首抬眼，便是一幅相看兩不厭的山鳥圖。不必把禽鳥關在牢籠裏，看它囚禁的窘態。

小鳥的聲音是斷斷續續的，此起彼落；不像那蟲聲唧唧，響個不停，耳膜薄的，小心被震破。小蟲的鼓噪，比起一些懶散的同學，有氣無力的走著，看起來振奮多了。

當然，大度山是以「風聲」出名的，不管稱它是「大度風」、「東風」，總有一股強勁的蕭瑟、蕭颯；尤其冬天，狂風吹樹，聲聲悽惻，令在學的遊子，眷家思親。

除了自然的鳴聲，便是人為的。從宿舍傳出排空而來的響聲，是一些自命不凡、走在時代前端的年輕朋友，把不知多少道音響，開到最大極限，然後自得其樂。也許，他忘記「人外有人」，或總認為「已之所欲，必施於人」吧！

最令耳根難過的，恐怕是突來的轟隆轟隆聲。也許汽車，也許機踏車。這聲響的後頭，濃濃地一股烏煙，向兩側擴散，雖然不至令人暈倒，也使人呼吸困難！更缺德的，不是不停的按喇叭，便把消音器拔掉，那音響，比老虎、獅子吼，不知要大多少倍！這或許是文明的贈禮吧！

山之鳴，不管自然之音、人為之鳴，都使得平靜的大度山在聲的世界裏，顯得多采多姿。

## 山之秋

秋，使人聯想到落葉翩翩，四處菊黃。其實大度山上，秋的氣氛沒有這般濃郁，只有幾片淡黃，或枯黃的葉子，從天空中，一翻一滾的搖晃下來；山上少有楓樹，染了幾處紅。

除此，比溽暑來的更明顯的，是人潮；白天上課的同學，像浪潮般的，一波一波，一浪一浪。下了課，或湧向郵局，或推向餐廳、圖書館，總是像涓涓水流般，又細又長的人潮。到了黃昏，夕陽西沉，另有一群不辭辛勞的朋友，提著包包，個個精神抖擻，向教學大樓、商學院，排浪而來。

白天，從天上飛舞下來的葉子，頑皮的落在成雙成對情人的頭上、肩上……然後，彼此可以假藉大自然的賦予，歌詠生命的樂章。夜裏，併肩的人兒，或在漁家燈火般的文理道旁，或在燈碧輝煌的教堂邊，數著天上的星星，立下誓約。

中秋時分，月色分外明亮；四處煙火，光波浮離，林間、橋畔、或歡呼、或竊竊竊私語，或跳躍，或談笑。大度山，吸收了東南西北各地的學子，也融化了臺中市民，人潮洶湧，風光無限。

中秋過了，涼風徐徐，蟲聲唧唧，遠遠山下燈火閃爍，星月淡淡，只有求道的人，不停地上山下山。

# 閒情散記

## 草坪

踏進學校大門，一片片寬廣的草坪。

遠望草坪，像鋪了一層層青綠的氈子。當你接近它時，它散溢著芳香，淨化你的心靈。眼看株株小草，堅毅地生長在乾硬的土地上，由秋至冬，它的顏色，由金黃、紅棕，而乾枯。第二年春，又轉為青青，周而始的循環著。也許你會盛讚蘭花，色美氣香，依緣蛇木生長；可知小草在乾裂的土地上苦澀與堅定的生長，更該我們深思。

土地是小草的根源，有土地有小草；地養育草，草保護地，就像皮膚養毛髮，毛髮護著肌膚。土地也是人類生存的依據，土地養育人類，也如父母養育子女一般，所以《周易》說：「乾為父，坤為母」。每當我腳踩著大地時，總有無比的興奮，就如孩子親近了父母，可以盡情的撒野。

草坪，你可以盡日的躺在那兒，隨著，口中唸著王維的〈相思〉詩：

紅豆生南國，春來發幾枝；
願君多採擷，此物最相思。

詩情餘意，令人惓懷。或躺在地上，仰觀天地間「春花春鳥、秋月秋蟬」（鍾嶸語），偷得浮生半日閒，總是愉快的；偶而還可以無憂無慮的作無邊春夢呢！

溫煦的陽光，穿過樹林，斜照在草坪上，你更可以在草坪上欣賞來來往往的男女、男的少有看頭，女的花樣可就多了，從腳上的鞋、裙襬、上衣、頭髮，各種款式的變化，令人眼花撩亂。

## 綠樹

從天空鳥瞰，林中有相思樹、羊蹄甲、榕樹、竹篁、菩提樹、楓樹、樟樹、龍眼樹、楊桃、芒果，……說不盡。

山上滿佈的相思樹，一望無際。正當樹上結著小黃花，隨風在空中飛著，走進相思林，你會像是小黃花點綴成的花人。

羊蹄甲最易入眼的，老樹皮又乾又粗糙，總讓人有種歷經滄桑的印象。春來，「小羊蹄甲」盛開，鮮紅、粉紅，粧點墨綠的山頭，秋到，「老羊蹄甲」，粉紅小花綴滿宿舍區，使得山中人在秋冬時，還能感受花的溫馨，大地還在繽紛。記得嗎？王維的〈辛夷塢〉詩：

木末芙蓉花，山中發紅萼；
澗戶寂無人，紛紛開且落。

王維住輞川看辛夷花（即芙蓉花）紅，我們在大度山看相思花黃、羊蹄甲粉紅，不管粉紅、紅、黃，都是耀眼顏色，只可惜少有賞花的人，只好讓它孤單、平凡的花開花落，讀王維這首詩，會觸動心中幾分感傷。

榕樹，是山上「德高望重」的大樹，夏日開淡紅花，結果實為榕子，「榕」、「龍」音近，「榕子」變成「龍子」。來往榕樹下的孩子，應該是「龍子」吧！否則孜孜不倦，做些什麼？忙些什麼？榕樹枝幹寬廣，氣根如龍鬚，終年暗綠，不正是孕育「小龍」的好地方？

連著行政大樓、舊圖書館側，以及往農牧場的路上，有成排的竹林，記得王維

〈竹里館〉詩：

獨坐幽篁裏，彈琴復長嘯；
深林人不知，明月來相照。

王維獨坐在竹林，與明月相伴，彈琴吟嘯，動靜如畫。竹子高節，深為讀書人喜好，蘇東坡〈竹〉詩：

可使食無肉，不可居無竹；
無肉令人瘦，無竹令人俗。
人瘦尚可肥，俗士不可醫。……

竹子不但使人高雅，可獨坐吟嘯，且可悟道（如王陽明），深居在山上的人，是否有詩也有道？

深秋，山上的楓葉，由綠轉成火紅，杜牧〈山行〉詩說：

停車坐看楓林晚，霜葉紅於二月花。

山上的楓葉，零散的散布著，這零星的火紅，會令人泛起心中陣陣的漣漪。說起菩提樹，你一定會聯想到禪宗六祖慧能的偈：

菩提本非樹，明鏡亦非臺；
本來無一物，何處惹塵埃。

菩提非樹，人亦空無，在佛、道、禪的世界裏，最後的空間是這樣的冰冷。菩提樹，也會讓你想起舒伯特的音樂名曲「菩提樹」，勾起孩童時代回憶無數。

東海大學附小教室成排的菩提樹，你可曾仔細瞧過？葉片有墨綠、有金黃、有剛初生的新鮮嫩紅，也有枯萎的灰濛。我在想，葉子的稚嫩、鮮紅，轉青綠，到枯黃，不正像人生的變化？初生的稚嫩，由樹根、樹幹供給養料，等到葉片茁壯，能行光合作用，製造養料供給樹木，使樹根更堅實，樹木更強大。人呢？孩提時代，父母親辛勤的供給、灌溉，長大了，供養父母，造福社會。樹老了，葉片飄零化成了糞土，呵護樹根、樹苗。只可惜人老了，現代人往往不把他們安置在原有群體，以為是「老人問題」，其實，老人會有問題嗎？如果他們還團聚在家裏，照顧幼小，不但沒有老人問題，連帶的，青少年問題也解決了。大自然生存的道理，不也合乎人的世界？

在西風吹拂中，拂動了葉片、樹梢，搖落了枯萎的葉，滋養了新生的一代，新生的一代，卻似截斷根在生長著，多危險啊！菩提是道、是覺，不知是否能在崇尚功利的社會，尋覓出自己文化的根源，導引下一代，否則迷失了自己，只能遺害下一代，多可悲！子子孫孫不知要怎樣來嘲笑我們呢？

## 長廊

遠遠望去，迷人的四合院建築，使人彷彿置身在漢唐的國度裏，過著優游、文雅的生活。登上階梯，仰視長長的廊腰，好像迴旋地流動著，有如蜿蜒的蛟龍，正蜷局著身子平臥在綠叢裏。站在臺階上，流觀長廊暗紅的支柱、斗栱、勾欄、屋簷，都是那樣的古色古香，來東海遊賞的人，住在東海的山中人，總是被這古典的形象迷惑著。因為它蘊含著漢唐以來深遠的文化，不知有多少人，有多少次，激起對漢唐宮殿的憧憬。全唐詩第一首，唐太宗的〈帝京篇〉說：

秦川雄帝宅，函谷壯皇居；
綺殿千尋起，離宮百雉餘。
連甍遙接漢，飛觀迴凌虛；
雲日隱層闕，風煙出綺疏。

詩篇描了帝京是如此雄偉、壯觀，唐朝不論是國勢、文化，是遙接漢的，世界第一，此刻的我們呢？是否承繼唐代？漢代？還是正努力的遙接著？

走在學院的廊下，教室傳來朗朗讀書聲；讀書，自古以來是成龍、成鳳的唯一道路。今日讀書的目標，雖不同於往昔，但處在「知識就是力量」的時代，博通古今中外，是我們的理想。長廊似父母親的雙臂，緊緊圍成大圈擁抱著，牽引著學院下的子民，在知識的領域裏，個個成龍、成鳳。

## 星夜

四面八方籠罩著黑，猛抬頭，天空一閃一閃的星子，人有諸多的聯想：兒時的童歌，牛郎織女的戀情，嫦娥奔月，種種綺麗的神話，一幕幕地在腦海中旋轉。連帶的，盤古開天、女媧造人，亞當、夏娃偷食禁果等故事也跟著來了。

尤其是斜倚在路思義教堂，數著閃閃的星，心情總有些悸動。在家，數星星是一家人的事，上至祖父母、父母、伯叔，下至兄弟、堂兄弟姊妹一塊來，大家庭就有這等好處，大家一起來，夜夜數、永無了結。此刻，只有自己孤寂的數著，雖然山上距天近，可以看清楚星子，但家中的嘻笑聲、打罵聲，卻消失了。

在教堂邊看星子，還有個好處，可以聽到音樂廳（舊的）傳來迷人的旋律，有古典樂曲、有合唱團的歌聲，一波波的，耳不暇接。聽到美妙的聲律，或許你有如杜甫〈贈花卿〉詩的讚歎：

此曲祇應天上有，人間能得幾回聞。

音樂，會激盪你平緩的情緒，使心潮如波濤起伏。也可以平撫心中的鬱結、傷痕，讓你重振雄心。音樂也引你思鄉，念著父母親的白髮是否增添？寒梅已否著花？也引你念友，由於終日的奔波，你無法與老友相聚，那是多感傷呀！

趁著星夜，漫步文理大道，道旁的燈和天上的星子一樣的閃爍，思潮也隨著起伏不定。

# 靜湖

有人愛靜，甚至不肯讓針頭掉在地上發出聲音，把自己圈在一個小天地裏，隱藏自己的喜怒哀樂，切斷別人的噓寒問暖，這多孤寂呀！東海的靜，不是如此的，是同等音量的鳥啼、蟲鳴，和同等數量的花草、樹木公平分配。

山上，不止是花開鳥啼，更穿插著人的悸動。人們唸書、打球、跳舞、烤肉、追逐，……使整座大度山靜中有動，動中有靜，王維的〈鳥鳴澗〉詩：

人閒桂花落，夜靜春山空；
月出驚山鳥，時鳴春澗中。

所描繪的動靜如一景象，在大度山上是可以體會到的。但王維缺乏群體追逐、歡樂聲。山上生生不息的學子，一批批的，在寬闊的空間上，不停的推進，正如長江、黃河，由青海發源，浩浩滾滾，無止境的向東奔騰！

東海湖的美，不在於它的大小，也不在於旁側沒有山巒可倒影。當你坐在湖堤，可以看到飄雲浮影映在湖面，堤邊小樹、東美亭，也浮現倒影，整個湖面就是這般平靜。偶而幾條不大不小的紅魚，倏忽上下，清風徐來，波光瀲灩、堤壁、草間的小蟲，和天上的飛鳥，不停的鼓噪聲，令你留連低迴。

夜裏，湖邊的燈光，與天上的星子，和遠處高速公路路燈，以及臺中市區閃爍的霓虹，四面輝映，有如燦爛的寶石，映在湖面，更是金光耀眼，美麗如詩，湖的四周，正是情侶談心的好去處。

## 山風

胡適寫的：

山風吹亂了窗紙上的松痕，
吹不散我心頭的人影。

是的，旅居大度山，總有幾許情愁，剪不斷，理還亂。杜牧的〈贈別〉詩：

蠟燭有心還惜別，替人垂淚到天明。

李商隱的〈無題〉詩：

春蠶到死絲方盡，蠟炬成灰淚始乾。

蠟油滴盡，春蠶到死，情愛之至。自古以來，英雄愛美人，美人擇英雄，演不完的愛情故事。如春秋時吳王與西施，袁枚的〈西施〉詩說：

吳王亡國為傾城，越女如花受重名；
妾自承恩人報怨，捧心常覺不分明。

西施，一代佳麗，她與吳王的愛情，是純純的愛？還是只是政治上的？所以別人用它來「報怨」，讓人有幾許惆悵。

唐明皇與楊貴妃呢？白居易〈長恨歌〉說：

在天願為比翼鳥，在地願為連理枝；
天長地久有時盡，此恨綿綿無絕期。

白居易是在稱讚明皇與貴妃，綿綿不絕的愛情呢？還是在嘲笑君王為一女子國傾城破呢？英人愛德華八世的愛情，是否也換來更多的訕笑？

山上也許不會有這般壯觀的愛情故事，有的固然成為眷屬，有的只空留昔人的英姿，伊人婀娜的倩影，甜甜蜜蜜的誓言，隨風飄逝。

# 羊蹄甲

東海除了相思樹林外，羊蹄甲算是多的。

起初，我不知道，一似羊蹄葉子的樹叫羊蹄甲，因為它實在是太不起眼，直到看小孩的書《自然百科圖鑑》裏看到，我才記住它的名稱。

宿舍旁的羊蹄甲，外表長的不太美，葉子淡綠色，有的還帶枯黃、捲曲；粗糙的外皮，乾裂的枝椏，使你一望便覺得它歷盡風霜。有時，還可以看到鄰近的小孩，在樹上爬上爬下，我真擔心，那天不小心掉下來呢。還好，這些小朋友，雖不及經常在樹上跳躍的松鼠，總算是眼明手快，萬無一失。

最令我高興的，是羊蹄甲開花的時候，那粉紅的小花，似彩蝶般，夾在葉片中，會讓人驚訝，以為其貌不揚的樹木，何來美麗的花朵？人們時常認為有美麗的外表，才會有美麗的花卉，其實，上帝的安排往往不是如此，像植物界裏；洋蘭，葉子粗粗大大，肥厚的像個暴發戶，但它的花朵是鮮艷又動人！報歲、素心蘭呢，葉子是又細又長，只有畫家的彩筆，才能繪出它婀娜多姿的形態，可是開出的花，並沒有那樣迷人。有的優於葉子，有的美於花蕊，很難兩全其美的！動物界還不是一樣，有的善於跑，有的長於跳，有的專於爬而已！像人類十項全能、稱之為萬物之靈，成為人還真是只有萬分之一的機會呢！

花葉相襯時的羊蹄甲，總讓我有股忍不住的衝動，由書房走到戶外，觀賞它的嬌艷。和以前宿舍旁的聖誕紅相比，一鮮紅、一粉紅。我還是喜歡粉紅，因為太鮮的顏色，總令人有可怕的感覺。粉紅的色彩，感覺世界的繽紛、浪漫。這世界是該繽紛璀璨的，像孔雀開屏、雄鷄啼鳴、植物花開，不就把世界粧點的漂漂亮亮？反觀萬物之靈的人類呢？只有女士婀娜招展，而世界人口佔二分之一以上的男士呢？不是一套西裝，便是一件香港衫，令人有種缺乏變化的單調感，實在可惜！也許男士們該學學羊蹄甲吧，粗粗闊闊的枝幹，不起眼的葉子，要開出美麗的花朵呀！

有一次，搭上公車往臺中，沿著中港路（現改為臺灣大道）側、安全島，栽種了許多羊蹄甲，這麼說，這種「貌不驚人」的大樹，到處受人喜愛囉！或許這和人一樣，形貌樸實的人，總有股親切、和藹的感覺，易於親近；而那些貌似潘安、艷比西施的人，往往令人高不可攀，也許這就是「曲高和寡」的道理罷！

# 我的大學時代

我由物理系考入文科，大約花了三個多月的時間，參加聯考考上東海大學中文系。選擇重考，是因為文科對我而言更具潛力。

坐公路局車子進入東海大學，第一位認識的朋友是林進家，他唸的是物理系，跟我以前唸的系相同，所以談話倍感親切。從臺中車站聊到學校，便成第一位認識的朋友。以後因為上課、基本勞作、住校等種種關係，認識更多新朋友。目前在本校歷史系任教的陳錦忠教授、視聽中心林宗貴主任、社會系故主任林松齡教授都曾是我大學時代的室友。

那年中文系錄取的學生二十位時，大二，因部分同學是轉系來的，是東海第一次招轉學生，所以二年級同學變成二十二位。

大一時，國文是必修課，由系主任江舉謙老師擔任，江老師為人嚴肅，不過教學是井井有條，當時因為班上人少，所以和歷史系同學合上，約有三十餘人。大一另一必修課是「國學導讀」，由梁容若老師授課，梁老師學問淵博，涉獵甚多，講解內容十分充實。至於選課（必選），是「論孟」，「論語」由徐復觀老師授課，徐老師學問精深博大，精神飽滿，上課總是侃侃而談，隨口說來往往能翻陳出新，標榜春秋大義，令人印象深刻。徐老師因為到香港研究講學的關係，下學期「孟子」課由蔡仁厚老師擔任，蔡老師十分用功，當時是年輕學者。「書法」課也是選修，由朱雲老師擔任，朱老師教學認真，愛護學生，很受學生尊敬。

至於英文，是「能力分班」，東海大學入學後，在外文系舉行測驗，依照學生英語能力分組上課，是小班制，這種小班制到目前仍持續著，是東海一大特色。教我的外籍老師是Miss Dart，教學認真。其實，大三我也選修「英文作文」，不過老師的大名卻忘了！有些遺憾。

大二，必修課「文字學」是江老師擔任，江老師對於文字學頗下功夫，他在解說文字時，除了說解六書（象形、指事……）外，文字方面是由甲骨、金文、篆、隸等字形變化，整理得有條有理，讓學生很容易領悟。另一必修「中國文學史」是梁容若老師擔任，由古至近，先就先秦時代說起，（後聽前屆學長講，老師最早講文學史是由近而遠，跟教我們上課時不同。）梁老師上課雖不是那麼生動，可是學問淵博，旁徵博引，上課用的教材是劉大杰的《中國文學發達史》，不過，老師補充的材料相當多。

大二另門必修課是「歷代文選」，由孫克寬老師任教，孫老師勤勉好學，至老不衰，因為當年我在圖書館工讀，常看到孫老師到圖書館讀書，一待就是一個上午或下午，的確非常用功。孫老師上課十分用心，不過有時講話如神仙飄渺，行蹤不定，聽講的同學如墜入霧中，迷迷糊糊，不知所云。老師個性率真，受學生歡迎，晚年研究元代文化相關議題，頗受重視。

大二選修課由高葆光老師開的「墨子」、「左傳」及陳問梅老師開的「荀子」等課，高老師教學認真，為人和藹可親，所以學生喜歡上他的課。講課內容條理明晰，富於理則，令學生喜愛。陳老師上「荀子」課也是十分用心，競競業業令人敬佩。課後陳老師喜歡與同學討論，偶爾我也拜訪老師向他求教。

大二另一選修課為「各體文習作」，是蕭繼宗老師開的，蕭老師瀟灑自然，行止坐臥，有如仙風道骨，令人仰慕不已。老師上課十分用心，幽默風趣，他的課座無虛席。

大三必修課「歷代文選」、「詩選」，都面由孫克寬老師擔任。孫老師是知名的詩人，他上課用心，「詩選」課用老師編選的《分體詩選》，學生受益良多。

大三「聲韻學」是方師鐸老師開的。方老師一口北平音，字正腔圓，說起話來有如珠玉落盤。「聲韻學」對學生是一門頭疼的課，因為要研究上古、中古、近代各時代音韻變化，頗為不易。考試時很多同學往往過不了關。另一必修課為「中國思想史」，本是徐復觀老師開，我們那年由陳問梅老師接任，陳老師講述思想史也是條理細密。

大三的選修課有徐復觀老師的「史記」、「文心雕龍」課，徐老師博學多才，所以講起「史記」、「文心雕龍」內容，總是滔滔不絕，意氣風發。選修的學生多，旁及外系。選修課另有高葆光老師的「詩經」，老師著有《詩經新評價》，內容十分精彩。另有江舉謙老師開的「說文解字研究」，屬文字方面研究，修習學生較少。江老師用的教材是他的大作《說文解字綜合研究》。

大四必修課「詞曲選」，由蕭繼宗老師擔任，蕭老師也是詞曲專家，上起課來如數家珍，學生聽來津津有味。選修課是畢業論文，大四時寫學士論文，大家忙得不亦樂乎！分別由不同領域老師指導學生，學生受益不淺。

以上就我所記得，把大學中文系概況略作說明。

課外，印象比較深的是基本勞作和工讀，因為基本勞作，使同學更愛護學校，友誼同學，因為工讀，更能學習自立。另外，大二時，我也參加樂團，由羅芳華（Miss Rose）老師指導。可惜大三因為課忙，就沒有繼續。

活動方面，學生時代印象最深的應當是聖誕節晚宴，因為聖誕節那天晚上，全校約八百名師生在體育館會餐，不論老師、學生穿得很整齊，分別在樓上樓下一起聚餐，像一個大家庭，其樂融融。

至於研究所時印象較深的是巴壺天老師的課，巴老師是詩學、禪學、哲學專家，聽他的課感覺深入淺出，收穫甚多，尤其後來由巴老師指導論文，經老師指點學術上頗多精進。而蕭繼宗老師開的「古文義法」課，剖析古文奧密，收穫亦豐。也選修吳璵老師的「古文字研究」，和彭國棟老師「群經大義」，受益亦多。

大學畢業寫學士論文《說文解字中古文的研究》，由江舉謙老師指導，受益良多。碩士班畢業論文由巴壺天老師指導撰寫《袁枚的文學批評》，增訂修改後由聖環圖書公司出版，據說有大學研究所用此書為教材，還真感謝。

# 山中偶記

在大度山生活，如果從學生時代算起，超過五十個年頭，地面上的一草一木、教室、宿舍等等都很清楚，也值得留戀、回憶。生活在山上的人們，不論老師、同仁、學生，也都值得回味。

一個人生活、成長在學校這樣的環境，應該是十全十美了。天天接觸是朗朗書聲、吹拂過來的山濤林木之音，青山白雲，可說是世外桃源了。何況有好的圖書館可以借書，好的資訊可以溝通，獲得訊息，也有研究室可以讀書，而且可以教導渴望追求知識的學子。早期，自己是學生，儘管一方面讀書，也要「工讀」，掙點工讀費，以減低父母經濟上的負擔。後來，任職東海，有薪水，菽水之養，有些慚愧，對於父母只有點滴潤澤而已。以後，生兒育女，負擔家計，還要規劃未來，也都一點一滴儲蓄。如今，女兒長大，結婚了，或他鄉謀食，剩下二老，常常四目相對。

在東海任教，早期和師長在一起，自己常常敬陪末座的跟班老師。漸漸的，自己成長，可以獨當一面，年年都有自我要求研究的壓力，總是不斷在教學與研究的成長度日。如今似乎變成一棵大樹。

也許，我升等的早，引起部分同仁的「意見」，總在我「緊要關頭」，讓我「好看」。大概，我天生幸運，每次在危難中，似乎都會遇見「貴人」幫助我，讓我度過難關。我命中遇到許多貴人，包括江舉謙老師、蕭繼宗老師、巴壺天老師等等。還有部分同仁，也都站在「正義」的一方，協助我渡過難關。有人甚至說我是福星。這些往事歷歷，如人飲水，點滴在心頭。

也因為這樣的生活經歷，得與失、禍與福之間，我有更深刻的體會。因此，我學習佛教「逆增上緣」的想法，遇到不順遂時，想起佛家的「逆增上緣」，使我增加不少信心，也增加更多的勇力。一次一次，我的信心、勇力，終究產生一股更強大、更堅不可破的力量，而能順應自然，能不斷的出現光輝，所以說，我真要感謝佛家所謂「逆增上緣」的思想，否則，我太早順心如意，容易滿足，到最後，可能一事無成。孟子不也說過：「天將大任於斯人也，必先苦其心志、勞其筋骨……」。雖然我沒有什麼「大任」可言，也只是「教學」與「研究」，空閒作一些「創作」罷了。由於不停的接受磨練，不停的加強的「逆增上緣」，使我的意志力超強，勇猛的心志，永無衰竭。指定自標，總是全力以赴。使我完成的著作，文藝作品，如滔滔江水，源源不絕，氣勢如虹。

古人講；善有善報。累積了許多「逆增上緣」，使我的生命力更堅強，智慧變得不絕如泉涌，應該就是所謂「善報」吧！所以我還得感謝加諸我身上「逆增上緣」的人，沒有這些磨練，我的「能力」，恐難以達到今天這個境界。

雖然，久住東海，將來也只是大度山上的一位過客，像其他駐留在此地的過客一樣，只是時間短長的不同，但生命的體驗十分深刻。這樣深刻的體驗，並非人人都有，心中所感，藉著研究著作的閒隙，把這種感受宣洩出來，與讀者分享，分享我的生活經驗，也算是一種享受。

# 年俗與我

民國八十五年（一九九六）丙子，值鼠年，鼠為十二生肖之首，值此新正，忽然心血來漸，想起以往過「年」、「節」種種，所以將舊有的記憶、有關年、節的事，稍作整理，成了這篇文章。

## （一）正月

正月的民俗很多，主要是春節（初一至初五）、初九的「天公生」、十五的元宵，現逐次說明。

據宗懍的《荊楚歲時記》云：

> 正月一日，是三元之日也，《史記》謂之端月。[1]

所謂「三元」，指年、月、日三者之始，指初一日；而所謂「端」者，始也，正月為開始之月，故稱端月。

正月初一，雞鳴而起，庭前爆竹，以除邪惡。古時所謂「爆竹者」，以「竹」「爆」之。火藥發明後，則以鞭炮代替。

記憶中的初一是：家家戶戶放鞭炮，小孩穿新衣、新鞋、領壓歲錢。父母親則一大早拜祭祖先，大部分用雞、豬等牲禮，古人以為雞為「東方之牲也」，故以「雞祀祭」。《山海經》說「其祠祀禮皆用一白雞」、「雞血也有辟邪之力」。在《山海經‧西山經》末云：其中有十個神，皆人面而馬身，……祭祠之牲毛，用一雄雞。……鈐（祭器）中不盛神米，用毛色五彩的雄雞。又，《北山經》云：自單狐之山……其神皆人面蛇身，其祠之毛，用一雄雞。……可知。《重修政和證類本草》卷十九，引日華子云：朱雄冠血，療白癜風。食療中，「卒死」、「奄忽而絕」，皆是中惡。要割雄雞冠取血，塗其面。乾後，復塗。……）。古人也有屠蘇酒（從年輕者飲起，與一般飲酒尊老不同）。王安石〈元日〉詩云：「爆竹聲中一歲除，春風送暖入屠蘇」的習慣。在臺灣，大人有喝酒的習俗，鄉下少有年輕人喝酒。不過，許多家庭做了「麻油雞」，所以有些小孩，也喝麻油雞酒。

小時候最快樂、記憶最深的，莫過於穿新衣、新鞋，跟平常相比，確實好看多了。有了壓歲錢，可以去看電影。因為平時沒錢、沒時間——要幫忙幹活；或去小賭一下。不過九賭十輸，每次都乘興去、敗興歸。原來以為過年可以發一筆小財，結果都落了空。

在鄉下，過年也有野臺戲可看，像歌仔戲、布袋戲、皮影戲等等。有時不在自己村子裏演，就得跑到別的村子去看。媽媽喜歡看歌仔戲，父親跟我愛看布袋戲。

初二，是回娘家的日子。記憶中，我隨媽媽到外婆家總是匆匆的去來，好像很少停留在外婆家吃午飯。大概外婆家境不好，媽媽事情也忙，能省則省，所以很少留在外婆家用餐。

初三以後，年的氣氛就薄了，尤其在鄉下，部分農夫，似乎就得趕著去耕田、插秧、除草等農事。生在農家，一切生活就得照著農村的規範。「日出而作，日入而息」，可說是典型的農家生活方式。

古人又有所謂正月初一是雞，初二為狗，初三為豬，四日為羊，五日為牛，六日為馬，七日為人的說法。意思是，初一到初七，各不殺是日的牲畜，初七則不對犯人行刑。對於這樣的說辭，不僅人可以好好過日子，連「六畜」也可以享受平安年。真富人情味。

到了初九，從午夜起，可以聽到劈劈叭叭，此起彼落的鞭炮聲。小時候，總是被爆竹聲驚醒。訝異的是，原來父親每次總在這天一大早（午夜零時）就準備香案，祭拜天公。父親敬神非常虔誠，每次拜拜都會把我叫起。手中握著香，看著浩渺的穹蒼，在冥冥蒼蒼的黑夜中，祝頌「天公」（玉皇大帝）的壽誕。

唸大學，知道《楚辭》、《九歌》、〈東皇太一〉云：

吉日兮辰良，穆將愉兮上皇；
撫長劍兮玉珥，璆鏘鳴兮琳琅。
瑤席兮玉瑱，盍將把兮瓊芳；
蕙肴蒸兮蘭藉，奠桂酒兮椒漿。
揚枹兮拊鼓，疏緩節兮安歌，
陳竽瑟兮姣服，芳菲菲兮滿堂；
五音兮繁會，君欣欣兮樂康。[2]

「吉日兮辰良」，良辰吉日，應是正月初九的一大早。據《漢書郊祀志》載：天神，貴者太一。太一佐曰五帝，古者天子以春秋祭太一東南郊。可知「太一」是天上最尊貴的神，有五帝為佑。文中所述，在古代社會，請靈巫——佩著美玉嵌的長劍——作法迎神。伴著莊嚴、優雅的音樂，清新的蕙肴蘭藉，桂酒椒漿，以及一群男女巫，跳著曼妙的舞步，以迎「天公」。最後，眾巫合唱，令人感受到貴族迎玉皇大帝的虔誠、肅穆。在貴族與平民間，迎神亦有偌大的差異。

提到元宵節，有許多膾炙人口的詩詞，如歐陽修的〈生查子〉：

去年元夜時，花市燈如晝，月上柳梢頭，人約黃昏後。
今年元夜時，月與燈依舊，不見去年人，淚滿春衫袖。[3]

上片追憶去年元宵節甜蜜、浪漫的約會，與今年相比，妻子的早逝，見花燈團月，惟令人觸景傷情而已！又如辛棄疾的〈青玉案〉：

東風夜放花千樹，更吹落、星如雨，寶馬雕車香滿路。鳳簫聲動，玉壺光轉，一夜魚龍舞。　蛾兒雪柳黃金縷，笑語盈盈暗香去，眾裏尋他千百度。驀然回首，那人卻在，燈火闌珊處。[4]

把元宵歡樂景象，描寫殆盡。梁任公以本詞為自憐幽獨，傷心人別有懷抱。而王國維以為人之事業，歷三種境界，此為最高境界。

據日本，片岡巖著《臺灣風俗誌》云：

> 上元，又稱「元宵」，「燈爺」。各戶敬備牲醴，焚香、燒金祭神佛。入夜各宮廟點彩燈、花燈，火燭煌煌達旦。婦女們到廟參拜，祈求年中幸福。[5]

元宵節與「燈」分不開。有的門口弔著走馬燈，花市的花燈更是爭奇鬥豔。當然，花燈的「肖形」，往往與該年的生肖有關，如在鼠年，鼠形燈一定大受歡迎。而「龍燈」，是年年都受歡迎。至於婦女到廟，求家庭婚姻美滿，也是很自然的。

臺灣的元宵，除了欣賞花燈外，有「弄龍」、「弄獅」、「弄俥鼓」等活動。[6]「弄龍」，常常有巨龍出現。「弄獅子」，分「瑞獅」（醒獅）、「少獅」、「老獅」（獨角上繫一紅帶）。舞起獅子來，喧天價響，好像整個村子都翻起來一般。

住在鄉下，元宵節固然有人提燈籠，但，畢竟不多。記得我小時候，未提過燈龍，只記得偶而會陪媽媽去廟裏進香而已。

根據古書的記載，正月十五是祀蠶神的。在《荊楚歲時記》云：

> 正月十五日，作豆糜，加油膏其上，以祀門戶。[7]

所謂「加油膏」，指「加肉覆其上」，因為蠶神要吃「豆粥餅糜」。中國以農桑為主，種桑養蠶以為衣服之用。此日祭祀蠶神，希望蠶桑百倍。而且，「其夕，迎紫姑（廁神，何媚，為李景妾，妻妬之，正月十五陰殺於廁，天帝憫之，以為廁神。）以卜將來蠶桑，并占眾事。李商隱有詩云：「身閒不睹中興盛，羞逐鄉人賽紫姑。」寄慨自己閒散，只得在鄉下欣賞賽紫姑神。

至於元宵觀燈，當從漢開始，在《事物原始，元宵觀燈》云：

> 按漢制，執金吾杖掌宮外戒常水火之事，曉暝傳呼，以禁夜行。惟元夕，金吾放夜，前後各一夕，今元宵不禁夜，自漢始。《朝野僉載》，唐睿宗先天二年（疑為景雲二年，西元七一一？）正月望日。夜，於安福門外作燈輪，高二十丈，衣以錦繡，然燈五萬盞，豎立如花樹，宮女千數，衣羅綺，曳錦繡，耀珠翠，長安少婦千餘人於鐙下踏歌，此天子御樓觀燈之始。詩云：「火樹銀花合，星橋鐵鎖開」是也。[8]

由此知，元宵不禁夜從漢開始。燃五萬盞鐙，火樹銀花之盛可想。自唐睿宗以來，歷久不衰。

正月的二十九日，稱「晦日」，是日「送窮鬼」。換言之，要掃除居室塵穢，投之水中，是謂送窮，不過在臺灣似乎未見此俗。

## （二）二月

農曆二月，對我來講，最重要的節日莫過於二月二十五日。這是我們石光村的「清明」。平常在國曆四月五日清明節，不過我們村子的掃墓日子訂在農曆二月二十五日，是配合本地的三山國王的聖誕。因為三山國王廟是我們村子的精神中心，最熱鬧的所在。兩相配合，使我們的村子，原本冷清的掃墓，成為熱鬧異常的集會。順便說一下「三山國王」，應指巾山、明山、獨山三位山神。有說信仰三山國王是客家人，又有說是福佬（閩南）人？我們村子是福佬人，照理說，三山國王是福佬人引進的。可是鄰村（昌隆、佳冬）是客家人，難道跟客家人有關的？時代久遠，有時也說不清。

雖然掃墓訂在二十五日，一般人往往提前祭祀。當天，扶老攜幼，不論在家門口、路上、墓地，人來人往，尤其近幾年車潮洶湧。鋤頭、鐮刀、冥紙、牲品，四處可見。點起香燭，想起祖先的恩德，總有許多的哀思。記得小時候，每次進行掃墓時，有些原住民（當時稱山胞），圍繞在許多人家墓旁，等我們祭掃完畢後，即拿了些「紅龜」送給他們，他們也往往拿些芋頭（曬乾的）送給我們。在鄉下，掃墓偶而會弄出些趣事，自己墳未掃，卻將別人家的墓掃了，因為不識字者多，墳頭放塊石頭當墓碑，墓地又沒有好好管理，大家葬來葬去，石頭搬來搬去，常會發生這類糗事。

## （三）三月

《荊楚歲時記》有載：「三月三日，四民並出江渚池沼間，臨清流為流杯曲水之飲。」[9]如王羲之〈蘭亭集敘〉所云，可惜在鄉下遇不到這種文雅的風氣。三月天，只有溫熱的太陽下，綠野遍地，花草隨風婀娜，還有潺潺流水，清澈見底。田畝中，有白鷺鷥站立，偶而穿梭的牧童，或耕作的農夫，在土地上農作，點染美麗的畫面。

## （四）五月

《荊楚歲時記》云：「五月俗稱惡月，多禁，忌暴牀薦席，及忌蓋屋」[10]。而且「五月兒，害父母」的迷信，戰國以來深入民心。大蓋是五月因暑氣的關係，食物多禁忌。所謂「君子節嗜慾，勿任聲色」，「勿食生菜，勿食雞肉，勿食蛇鱔，勿食羊蹄」。[11]何況五月，五毒盡出，遇之，令人膽寒。

五月五日，《大戴禮》云：「五月五日蓄蘭為沐浴」[12]。《楚辭》〈雲中君〉曰：「浴蘭湯兮沐芳，華采衣兮若英」。五月五日的浴蘭節，又稱端午節。

端午，傳說是為紀念屈原。屈原「竭忠盡智」以事其君，可惜懷王，頃襄王被小人包圍，將他貶謫，最後屈原自沉湘流諫其君，以示清白。百姓競以食祭之，常苦為蛟龍所竊，以五色絲，合竹葉以縛之。思想屈原存君興國的信念，千古第一。他生前的種種磨難，往往不是後代學者可以忍受的。

今人一提起端午，偶而想起屈原國情操，許多人卻只注意到吃粽子、競龍舟等活動。當然，我們住的鄉下，不會有詩人大會，也沒有划龍舟比賽，有的只是吃粽子、喝午時井水。吃粽子是小孩最開心的事。粽子有甜的、鹹的，我不喜歡甜的，喜歡鹹粽。因為鹹粽裏面包了許多肉餡，吃起來真棒。我們家兄弟口味差不多，所以媽媽不敢包太多甜粽，免得最後留給自己吃。喝午時水，是在當日中午，打井水來喝，據說可以袚除不祥。

## （五）七月

七月，有兩個重要節日，一是七夕，一是中元。

每年七夕，細雨霏霏，民間傳說織女的淚水。牛郎與織女分開三百六十五天，終於等到相見的日子，所以二人喜極而泣。很多人選擇七夕定婚納采。《歲時記事》云，七夕有作「摩睺羅」（磨喝樂），用木、蠟、泥雕成娃，後有玉雕的，希望將來生個胖娃娃。

在《荊楚歲時記》載：

> 是夕，人家婦女結綵縷，穿七孔針，或以金銀鍮（鍮）石為針，陳几筵酒脯瓜果於庭中以乞巧，有喜子網於瓜上，則以為符應。[13]

所謂石鍮，指黃銅。喜子，蜘蛛的一種，古曰蠨蛸。乞巧，是乞求女紅之巧。婦女於七夕，向織女星乞求巧藝。說不定也是乞求將來能遇上如意郎君。因此，七夕也可說是古代婦女的重要節日。

鄉下的七巧節，沒有這麼多繁富的活動。記憶裏，母親在這天，總是做油飯、麻油雞等。祭拜床神（七娘媽神）目的是生個好子孫，並護佑其長大，光宗耀祖。其實每次七夕到來，我最高興的是「吃麻油雞」。也許，平日少吃，只等節日到來。飽食一番。

七月十五日，《荊楚歲時記》云：「僧尼道俗，悉營盆供諸佛[14]」營盆供佛故事來自目連救母。據《盂蘭盆經》云：

（目連）見其亡母生餓鬼中，不見飲食，皮骨連立，目連悲哀。即以鉢盛飯，往餉其母。……食未入口，化成火炭，遂不得食。目連大叫，悲號啼泣，馳還白佛，具陳如此，佛言汝母，罪根深結，非汝一人所奈何。……當須十方眾僧威神之力，乃得解脫。……於七月十五日僧自恣時，當為七代父母厄難中者，具百味五菓，……盡世甘美，以著盆中，供養十方大德眾僧。……佛勅十方眾僧，皆先為施主家祝願，七代父母，行禪定意，然後受食。……是日目連其母，即於是日得脫一切餓鬼之苦。爾時目連復白佛言，弟子所生父母，得蒙三寶功德之力，眾僧威神之力故。若未來世一切佛弟子行孝順者，亦應奉此盂蘭盆。[15]

由此知，在佛教中，七月十五原為為目連救母，須具百味五菓於盆中，供養十方大德，使其母脫離餓鬼之苦。後人因此廣為華飾，刻木割竹飴蠟剪綵，模花葉之形，極工妙之巧。

在鄉下，中元節主要活動是祭祀祖先（好兄弟），分「公（大）普（渡）」、「私（小）普（渡）」。私（小）普，在家門口祭拜自家祖先；公（大）普，則將香案排到街（路）口，招得四處飄泊的「好兄弟」，也就是祭祀別家祖先。此外，可以隨處看見乩童，手握鯊魚骨劍，或桃木劍，或鐵刺球，口中喃喃自語，後有神轎相隨，繞著村子，挨家挨戶的巡視，驅邪除魔，保境平安。我們一般在家門口等候，神轎來臨時祭拜，小孩也喜歡跟在神轎後面湊熱鬧。

## （六）八月

「月到中秋分外明」，八月十五是民間三大節日之一。

古代神話，羿射了九個太陽，而怒於天帝帝俊，因為九個太陽都是帝俊之子。使得羿被罰，永不得昇天。羿於是往西王母處，求得不死之藥。沒想得手的不死之藥，皆為羿妻嫦娥偷吃而奔月，成為月宮主人。另外有三種月宮主人的傳說，一是《史記・封禪書》，司馬貞《索隱》，欒彥引老子《道德經》云：「月中仙人宋母忌。」《白澤圖》云：「火之精曰宋母忌」[16]。二是《三餘帖》提到，「月中自有主者，乃結璘，非嫦娥也」[17]。換言之，是結璘仙子。三是《雲笈七籤》提及包括：青帝夫人隱娥珠，字芬豔嬰；赤帝夫人逸寥無，字婉筵靈；白帝夫人靈素蘭，字鬱連華；黑帝夫人結連翹，字淳厲金；黃帝夫人清營襟，字炅定容[18]。即青、黃、赤、白、黑帝夫人。不過這些傳說，後人鮮有提及者。

中秋佳節，俗稱「團圓節」，家家戶戶具酒食、菓蔬、月餅等齊拜月神，以求平安團圞。據說乾隆皇帝生日是八月十三，與十五很近，所以中秋慶典比其他節日熱鬧。

蘇軾的詞〈水調歌頭〉：

明月幾時有？把酒問青天。不知天上宮闕，今夕是何年？我欲乘風歸去，唯恐瓊樓玉宇，高處不勝寒。起舞弄清影，何似在人間！　轉朱閣，低綺戶，照無眠。不應有恨，何事長向別時圓！人有悲歡離合，月有陰晴圓缺，此事古難全。但願人長久，千里共嬋娟。[19]

此首為東坡熙寧九年（一〇七六）中秋，懷念其弟子由而作，由此可知兄弟間的感情濃厚。又，東坡的〈陽關曲〉：

暮雲收盡溢清寒，銀漢無聲轉玉盤；
此生此夜不長好，明月明年何處看？[20]

此首為熙寧十年中秋，與子由彭城觀月作。末二句，對人生有幾分唏噓與無奈。

鄉下的中秋，除了吃月餅賞月外，小孩有一特殊活動，「關青蛙神」。在小孩頭上綁上布條，插上香，其他同伴圍繞之，口中不停的唸咒，「水蛙（即青蛙）神、水蛙發（神附體之意），請你水蛙來這發一發」！等過一陣子，似真有青蛙神降臨，而附神的小孩，即像青蛙一樣，孩童即往有水處跳，頗為有趣。記得小時候我也參與其事，撞上鋼鐵，接著頭破血流，一回到家，被老爸大罵一頓。

## （七）九月

九九重陽的故事，據《續齊諧記》云：

汝南桓景，隨費長房遊學，長房謂之曰：「九月九日，汝家中當有災厄。急令家人縫囊盛茱萸繫臂上，登山飯菊花酒，此禍可消。」景如言，舉家登山。夕還，見雞犬牛羊，一時暴死。長房聞之曰：「此可代也」。今世人九日登高飲酒，婦人帶茱萸囊，蓋始於此。[21]

從這則故事知道，登山原是避災厄。不過以今日眼光看，秋高氣爽，宜於登山，且登山確實對健康有益。

在鄉下，沒有「登山」活動，因為天天耕作，上田下田，已不輸登山。不過小時候當牧童，在秋高時節，隨著父兄（堂哥、表哥）放牛，一邊安放「鳥踏仔」，捕捉伯勞，是常有的事。以前伯勞多，秋天來了，到處可以聽到鳥喧郊野景象，所以去耕田的、牧牛、牧羊的孩子，都隨身帶著鳥踏仔，日暮去收取，往往可以晚餐佐食。現在，捕捉人多了，且去做生意買賣，伯勞鳥自然瀕臨絕種。以前看到別人家歸來，帶著成串伯勞，心裏好生羨慕，今日想來，從前的想法、做法真的是罪過。記得有次到墾丁玩，那麼大的遊樂區，不見一隻鳥，何談伯勞！心中的確難過。

## （八）十一月

農曆十一月，主要的節日是「冬至」，白天最短，夜最長。但過了這天，白天漸長，古人以為陽氣始盛，所以冬至有「小過年」之稱。

媽媽總是在冬至這天，做了些許湯圓，一家大小一起享用。吃了湯圓，大人的說法是「長一歲」，所以吃湯圓，一則以喜，一則以懼。

據說共工氏有不才之子，以冬至死為疫鬼，畏懼紅豆（赤小豆），所以冬至時，有做「赤豆粥」以禳之。不過鄉下人不太懂這些，要吃「紅豆粥」、「綠豆粥」隨時都有，只要一高興就煮來吃。

## （九）十二月

南臺灣雖不似北部或者大陸嚴寒，但有時也有些許寒意。在十二月裏，主要的節目有：八日、二十四、除夕。

十二月為臘月，所以初八，俗稱臘八。「臘八」，原為古人年終打獵得來的禽獸祭祀天地、神靈和祖宗，祛災迎神，稱「臘祭」。祭祀的諸神有司嗇神、昆蟲神等八種，因此稱為「臘八」。佛教傳入中國以後，到南北朝時，佛教人士把臘月祭日和釋迦牟尼成佛紀念日統一起來[22]。所以說，「臘八」是佛教的節日，同時也是古代人民祭祀其先祖之日，故曰「臘」為「接」也，新故交接之意。不管怎麼說，有些人家做「臘八」，有些也不做。我國有喝「臘八粥」的習慣，始於宋朝。

二十四日是送神的日子，家家戶戶都擺香案祭祀神明、祖先，「年」的氣氛愈來愈濃。很多人家也開始買些新家具、新衣服、辦年貨、做年糕等等，預備接新年。

除夕，全家大大小小，忙忙碌碌，媽媽總是帶著牲禮到廟裏，到城隍去祭拜。孩提時代，知道除夕好高興，因為有新衣、新鞋，又可得到壓歲錢，好像也辛苦了一年，終於盼到這天，有「苦盡甘來」的感覺。而年紀也在不知不覺中增長。

1 宗懍撰《荊楚歲時記》，王毓榮校注本，頁十五，臺北：文津出版社。

2 洪興祖《楚辭補注》，卷二，頁五五，臺北：漢京文化事業有限公司。

3 《欽定四庫全書》，《六一詞》，頁八，（總頁一四八七－一廿四），臺北：臺灣商務印書館，又，該詞或刻「秦少游」、或刻「朱淑貞」作。

4 見《全宋詞》，（三），辛棄疾，頁一八八四，臺北：中央輿地出版社，又，「燈火」二字，據元刊本補。

5 日、片岡巖著《臺灣風俗誌》，陳金田譯，頁三十九，臺北：衆文圖書公司。

6 據黃華節著《中國古今民間百戲》，頁一一七，臺北：商務印書館。

7 同註1，頁七十六。

8 《古今圖書集成》，〈歲功典〉第二十六卷，上元部，一七冊之二二葉，臺北：鼎文書局。

9 同註1，頁一二六。

10 同註1，頁一五二。

11 同註8，仲夏部，五月事忌，引自遵生八牋，第一九冊之三六葉。

12 《大戴禮記》，卷二，夏小正，第四十七，臺北：商務四部叢刊。

13 同註1，頁一九四。

14 同註1，頁一九八。

15 《佛說盂蘭盆經》，收在《大藏經》，第三十二冊，經集部三，NO.685（NO.686），頁七七九，民國四十五年八月中華佛教文化館大藏經委員會影印。

16 見《史記》卷二十八，〈封禪書〉第六，頁十，總頁五四一，臺北：藝文印書館。

17 見《古今圖書集成》、《乾象典》，第四十三卷月部，第一〇冊之四〇葉，臺北：鼎文書局。

18 同註17，引自《雲笈七籤》，四一葉。

19 蘇軾著《東坡詞》，收在《欽定四庫全書》，集部、詞曲類，頁八十一，臺北：商務印書館本。

20 蘇軾著《蘇軾詩集》，卷十五，頁七五三，臺北：學海出版社。

21 見《荊楚歲時記》引，同註1，頁二一二。

22 可參方立夫著《中國佛教與傳統文化》，頁三九四，臺北：桂冠圖書公司。

# 瑄聲金馬躍

## ——「洪顥瑄同學獲得金馬獎慶功茶會」致辭

今天是一個特別的日子，不論是大人、年輕人齊聚一起，大家一起讚美最年輕的朋友顥瑄，她勇奪金馬獎新人獎，不僅中文系師生、東海的師生、臺中的鄉親，高興、興奮，也讓整個學校，帶來光采、帶來喜氣。

任何一種行業，要出人頭地，都是不容易的事，相信顥瑄在演戲的過程中，也經歷辛酸苦辣，在導演的指導，同事夥伴的協助下，不斷地磨鍊，終於打造出一位成功的演員。

顥瑄是一位充滿喜悅的人，人緣非常好；也是充滿和諧、帶福氣的人，今日讓我們東海人很開心，相信以後會帶給東海人更多的福分。

為了表達慶賀之意，我寫了一首絕句詩：

**賀顥瑄得金馬獎**

昨夜星空裡，寰周灝氣充；
瑄聲金馬躍，載譽滿臺中。

另一首現代詩，請賴以誠同學朗讀。

**給顥瑄**

踽踺踽踺的馬蹄聲
掠過都市、鄉村
千里奔馳
金光閃閃地飛向
臺中
在百萬人口的臺中
盤旋　盤旋
徘徊在五光十色

如夢如幻的光影
忽然領悟
直航目標——大度山
大度山頭
有醴泉可飲
有樹林可棲
還有共伴共玩的朋友
朝夕相歡
大度山是駐足地
昂首在山頭
尋尋覓覓
新主人
顯瑄的駕馭

（二〇〇四年十二月十日，時任中文系主任）

# 大雪山一日遊
## ——中文系系友會紀實

元月二十一日，我帶領中文系友會的系友、家眷、東海同事、以及空大教職員工一起登大雪山旅遊。因畢業校友徐蘭英女士兼職空大，所以也邀請空大教職員工。七點四十五分，由蘭英租遠通遊覽車二輛，東海師生乘坐一輛，空大的家眷一輛。在校門集合、出發，東海系友方面，除了我與內人外，尚有林威宇、廖秀春、徐蘭英，及其夫婿。還有博士生黃國禎及夫人、三歲小女。尚有東海同事李玉綏前館長、施麗珠等。阮桃園老師因怕暈車，與夫婿、家人開車自行前往。另一輛則全數是空大社工系及指導中心的人員。二車四十人浩浩蕩蕩直奔大雪山。

我們車子經過東勢，後在山間徘徊，穿梭在山林中，後在「出雲亭」稍作休息。出雲亭望著遠處山峰，雲在山巒間，但見長雲浩渺，在山中緩緩湧動，是一幅動態山水畫。很多遊客拍了許多照片，李館長拍了好幾張山雲相依照片，真是美不勝收。

接著，車子在起伏山巒間行走，重重疊疊的山嶺，左彎右拐的山路，經鳶嘴、收費站、至鞍馬山莊。在鞍馬山莊下車，有位陳解說員沿路為我們解說大雪山生態種種，也當嚮導，一行人相攜相伴跟隨，往神木步行。山路曲曲折折、很窄，空氣清新，在大雪山崎嶇的山林道路上，大家邊走邊聊，很愉快的享受森林浴。約莫走了快一個鐘頭，到達神木，大夥在此照相。而後路上，沿途景物美麗，邊走邊照相，但見山在朦朧雲霧之間，山雲相戀相抱，有說不出的浪漫、美好，是自然的水墨畫。接著，穿過葉片的小雨，灑落身上，大夥穿著雨衣，撐著雨傘，漫步在林蔭小道，也是初次體驗。到達餐廳已經十二點，大夥也就上桌吃飯了。大概攀爬許多，肚子早已飢餓不堪，只覺桌上飯香菜好。隨後，阮桃園老師一家五口也趕來，大家吃著快樂的午餐。

十二點四十五，大家漸次回到停車場，登車往大雪山天池，到達該處停車場後，天空飄著細雨，大夥穿著雨衣，撐著傘，漫步在天池路上，在幽靜的林中，嗅出一股的芬芳。

到達天池，剛好雲霧迷濛，看不清天池的邊際，所以我告訴同行者，這是一個名副其實的天池，因為看不見邊際，無止無境，那種無止無境的感覺，不就是天池？確實令人無法想像的美。回到停車場，大夥又拍了團體照，大家歡歡欣欣，充滿著喜樂。

回程中，我們的車上有多人唱歌，最令我印象深刻是威宇唱歌，音色美，節奏分明，咬字清晰，與歌星聲音沒有不同。以前相處這麼久，居然不知威宇的好歌喉，實在有些歉意。

最後參觀的一站是劉家在石岡客家文物展覽，展示劉家祖先先後有五位貢元，在清朝時期，小小的村子裏，有這麼光輝的書香，確實是件大事。看看客家胼手胝足的創業，足為後世子孫典範。

隨後乘著車子，回到各自的家，結束了一天行程。

二〇〇七年一月二十二日

# 南京大學主辦「兩岸大學生長江三角洲自然暨人文地理考察活動」參訪記

二〇〇七年八月十六日，由東海大學國教處安排，我帶領本校及北台科技學院、中華技術學院、交通大學、元智大學、中央大學、東華大學等校師生，前往南京大學主辦的參訪「長江三角洲自然暨人文地理考察活動」。各校帶隊老師分別是北台科技學院陳振山教授、中華技術學院田振榮教授、交通大學李子聲教授、元智大學劉阿榮院長、中央大學林沛練、張瑜芬教授夫婦，東華大學未派老師帶隊，理所當然由我這總領領隊擔起照顧責任。負責接待的是南京大學鄒主任亞軍、孔劍鋒先生、宋瑩小姐等。至於本校參訪的同學分別是：國貿二張琬琪、政治二紀英鼎、外文二李喬、社工二林貞昀等同學。

很順利的，十六日下午在一點半左右到達南京，後至漢庭商務酒店下榻。下午四點半，在南京大學校門口合影留念，並參觀南大校園、校史博物館。南京大學目前校址是前金陵大學原址，後，金陵與南京大學合併，而本校東海大學又是金陵大學等十三所教會大學在臺灣復校，二校可說淵源深，臺灣有許多教授畢業自南京大學，參訪南大有親切感。晚上六點半在南苑三樓餐廳舉行歡迎晚宴，由南大校長特別助理張序余教授致詞，接著由我及各校領隊陸續致詞，希望除了原有兩校關係外能加強兩校或多校關係。

八月十七日早上訪明代城垣歷史博物館，緬懷明太祖朱元璋興建南京城的意義，並漫步玄武湖，亦稱後湖，為宮殿後面湖泊之意。花木遮天，玄武湖湖水灩瀲，景色宜人。而後參觀拉貝紀念館。拉貝是德國教士，中日戰爭，日本屠殺南京百姓，拉貝先生除了保護收容中國難民外，也記錄當時南京大屠殺事件。下午，在知行樓聽張敏副教授「長江三解洲自然暨人文地理概況」，大體能將最近長江三角洲經濟繁榮說了很詳細。約四點前往舊總統府參觀，晚上，往夫子廟，飯後遊秦淮夜景，人來人往，十分熱鬧。

八月十八日，早上參觀中山陵，登上許多階梯，瞻仰孫中山開國國父陵寢，參觀音樂台，水與音樂齊舞，還有白鴿相伴，成群白鴿飛上飛下，令人歡心。又往靈谷寺，這是有名的「無樑殿」，因為研究趙翼，趙翼有〈靈谷寺〉詩，所以對無樑殿建築，早已知曉。不過據導遊說，當時寶誌和尚（濟公）葬埋的靈谷寺已換了地方，今日靈谷寺為國民黨陣亡將士安置地。下午，往揚州，遊覽瘦西湖、大明寺。瘦西湖纖瘦，兩隄柳樹，說是隋煬帝賜姓楊，柳條阿娜多姿，與湖面、其他花木相映成趣。大明寺，紀念唐鑑真和尚，由於他傳佛教至日本，據說日本人入侵中國，不殺揚州人，是日本人感念鑑真和尚到日本傳教之故。晚上和東海、東華幾位同學坐三輪車，漫遊揚州古城，倒也是一番趣味。

八月十九日，參觀个園，綠竹蒼蒼，石林壁立，春夏秋冬四時景物，無不巧思構造。後，往泰州薑堰，在溱湖度假區酒店用餐，鄒亞軍主任也前來招待。鄒主任年輕有為，待客誠懇。下午，參觀溱湖國家濕地公園，入泰州賓館住宿。

八月二十日，早上赴南通，途中往如參觀明末冒辟疆故居水繪園。冒辟疆，明末四大公子之一，空有才華，不能展佈，雖與董小苑過一段甜蜜生活，留下一生惆悵。下午，參觀紡織博物館瞭解張謇創辦大生紡廠歷史，藍印花布博物館，染織手工精細，我也買了一個福袋子。下午約四點，遊狼山風景區，圓通寺，是聖嚴法師出家寺院。到寺院時，僧侶鳴鐘迎接我們這些訪客，留下深刻印象。站在圓通寺旁亭子，來來往往大小船隻，在長江江面穿梭，忙忙碌碌。滾滾長江水，淘盡古今英雄，卻淘不盡來往追名逐利的船舶。晚上，遊濠河夜景。沿著河邊，現代化的建築，水柱與燈光變化、及廣場上歌唱大會，眩人耳目。

八月二十一日，坐遊覽車過江赴上海，下午參觀上海城市規劃展示館，想見上海未來遠景，令人驚嘆。也逛城隍廟、豫園。晚上外灘活動。

八月二十二日，早上參觀上海孫中山故居。看見孫先生家居許多遺物，睹物思人，思想他樸素的生活與建國的艱難。參觀完畢提早用餐，準備搭機返臺，南大事務工作人員與年輕朋友送我們到機場，依依不捨的互道珍重。約晚上九點平安抵臺，結束一週快樂參訪活動。

# 師友篇

# 春山猶蒼翠，年年杜鵑紅

## ——懷念蕭繼宗老師

春天，是美好的季節，大度山上樹多影重，在雲霧飄渺的時刻，好似襯著薄紗的青年，活躍其間。路旁許多美麗的杜鵑及各類草花，紅白、橘黃相次，突出在青青草地。尤其近幾年，杜鵑花多，開得更盛，繽紛璀璨，不比六月的火鳳凰遜色，山花就在路旁，增添一分親近。

美好的環境，應該有美好的聯想，只是，在這時節，總會想起蕭幹侯（繼宗）老師，因為他的形貌、才華都如春景般的美好，也消失在春的懷抱。

蕭老師上課時，風采翩翩，上他的課，有如醉在春風裡。譬如上老師的「詞選」課，講到韋莊的〈思帝鄉〉：「春日遊，杏花吹滿頭。陌上誰家年少、足風流。妾擬將身嫁與、一生休。縱被無情棄、不能羞。」描寫少女春遊，草木青青，蟲聲處處，鶯飛蝶舞，紅杏吹滿頭之際，忽然瞄見一位帥哥，直覺迷上帥哥，愛戀的衝動，甚至想到「縱被無情棄，不能羞」，意念之變化，不可思議。又如蘇軾的〈定風波〉詞：

莫聽穿林打葉聲，何妨吟嘯且徐行，竹杖芒鞋輕勝馬，誰怕，蓑煙雨任平生。料峭春風吹酒醒，微冷，山頭斜照卻相迎，回首向來蕭瑟處，歸去，也無風雨也無晴。

東坡路上遇雨，喻人生道路險境，泰然自若，寄託自已經歷的政治風暴。是老生之詞，內化堅韌，不怕外在風雨摧殘，令人印象深刻。這樣情景，大度山上是可以體會的。

後來，老師擔任過系所主任、教務長等行政工作，但他清廉，對於學校經費一絲不苟，做事認真，是非分明，愛護同學，視同己出。雖然公務如此煩忙，他還是不停地寫作，著作等身，令人敬仰。他指導論文的學生很多，記得唸大學部跟我同班的蔣萬益，和研究所同班的徐照華（任教中興大學），都是老師指導的學生。

昨日、今日、明日，很快地變化，然而年年蒼翠的大度山，春天的杜鵑紅遍山頭，蕭老師的身影，隨著日子的增進，離我愈遠，只是這份思念之情，久久不能相忘。

二〇〇三年二月二十一日

作者與張文璞女士結婚時，與蕭繼宗老師、師母合影

＊為感懷老師而寫的研究著作：《蕭繼宗先生研究》分成《生平交遊篇》、《詩與詩學篇》、《詞與詞學篇》、《藝術文化篇》、《幹侯墨緣集》共五冊，二〇一五年八月起，由新北市：華藝學術出版社出版。

# 秉春秋大義，著書與身齊

## ——憶徐師復觀

徐老師是位名學者，學術界巨人。雖然，徐老師個子不高，卻時時顯現精神飽滿，平日喜穿長袍上課。

大一時，徐老師是我們的班導師，雖然大學時代，導師與學生的互動，並不那麼多；不過，徐老師與師母也都十分關心學生。

記得我大一時，徐老師請我們導生班吃飯，剛踏進院子，看見院子裏栽了許梅花，及其他花草，令人羨慕。進入老師家，書架、書櫃擺滿了書，尤其線裝書很多；書桌上攤了一大疊稿紙，不知老師正準備什麼大著。

不過老師口音重，所以聊天或上課時，常令我們這些學生「傻眼」。譬如說「日本」，我們聽成「兒本」，「鞋子」聽成「孩子」，甚至「堯、舜」聽成「鳥糞」；令人啼笑皆非。

除了導生的關係，大一的「論孟」課，也是徐老師開的。在我們心中，《論語》、《孟子》在中學時期已讀過，有什麼好唸的？起初，學生抱持較為保守的態度。直到上課了後，才發現老師能掌握孔子「仁德」精神，從此展開：忠、孝、節、義……等等德目。換言之，整部《論語》，圍繞「仁」字來解說。而孟子所謂的「義」字，也由「仁」字分化而來。他的解說，令我耳目一新。

每次上課，老師都深入淺出，不煩瑣細陳說儒家思想、孔子義理，令學生佩服。下學期「孟子」課，本該也是老師擔任的，由於配合老師的研究計畫，所以「孟子」課，由徐老師推薦蔡仁厚老師擔任，蔡老師是位恭謹、負責的老師，能承續徐老師的風範。

大三時，徐老師開「史記」課，老師把司馬遷如何秉持《春秋》大義、不畏權勢、求證務實的態度，及個人身世遭遇，表達的淋漓盡致！很多同學，在上課的陶冶中，感受到老師大義凜然的風骨。

徐老師對學生很照顧，常慷慨解囊幫助同學，令人感動。最值得東海人記憶的師生之情，便是杜維明（後為哈佛大學教授，今為中央研究院院士），大一考取東海外文系，徐師覺得杜維明對中國文化、中國文學很有興趣與能力，所以百般勸杜轉系，最後果然，杜維明轉至中文系，傳為杏壇佳話。當然，最令人稱頌的是老師治學很勤，著作等身如：《學術與政治之間》、《中國思想史論集》、《中國人性論史》、《中國藝術精神》、《公孫龍子講疏》、《石濤之一研究》、《徐復觀文錄》、《徐復觀文存》、《中國文學論集》、《兩漢思想史》、《徐復觀雜文集》、《中國文學論集續編》等等，令人敬仰。對於中國文化的發揚，尤其思想史，有極大的貢獻。

徐老師逝世十周年，文學院（當時院長呂士朋教授）舉辦「徐復觀學術思想國際研討會」，包括：牟宗三先生、陳問梅先生、蔡仁厚先生，及杜維明、王靖獻等等許多國內外知名學者，也是老師的友人及學生輩，都參加這個盛會，緬懷老師光輝，相信老師身後不會寂寞。我擔任系主任時，也曾舉辦「東海中文系五十年學術傳承研討會」。與會學者：蔡仁厚、梅廣、吳有能、彭雅玲、陳廖安等先生，都有提出論文，宣揚老師的學術貢獻。後來，研討會論文也集結成冊出版（臺北：文津，二〇〇七年）也算是盡一分棉薄之力。而老師逝世後，贈給圖書館的書籍，闢了典藏室。老師的遺風長留東海，也長留世間。

*圖書館謝鶯興主編的《徐復觀教授年表初編》，由東海大學圖書館出版。又，民國一〇六年（二〇一七）六月：東海大學由王茂駿校長主持成立「徐復觀教授講座」。

# 長者風範，如沐春風

## ——令人懷念的高師葆光

高葆光老師是我大學求學時期最敬愛的老師之一。高高、胖胖的身子，有時帶著手杖來上課（教我們時，老師年事已高）。遠遠望去，就知道是一位和藹可親的長者。

高老師上我們的「墨子」、「詩經」、「左傳」三門，屬大二、大三的選修課。先談「墨子」課。老師選的教材是孫詒讓的《墨子閒詁》。上課時，高老師分析墨子學說，有條有理，尤其《墨子》書中，如〈兼愛〉、〈非攻〉等篇，墨子層層推理，拆穿春秋戰國時期好戰者野心，使世界歸於和平，令人佩服。而墨子重視實用，說理重邏輯等等，上課中，老師都講解得十分透闢。

談到「詩經」課。老師除了要我們參考古代注本外，老師著有《詩經新評價》，把《詩經》相關問題，《詩經》內容，加以歸納整理、並提出個人獨到的見解。高老師的「詩經」課，因為文學性高，同學學習的興趣十分濃厚。

至於「左傳」課，老師除了要我們參考古注本外，也要參考日本人，竹添光鴻的《左傳會箋》。而老師著有《左傳文藝新論》，是上課的重心。因為老師花了不少心血研究《左傳》相關問題。如《左傳》是否解經？作者是誰？時代背景？文藝特點？詳細內容？在老師的著作，都有詳細的論述。

我很喜歡上高老師的課，因為從老師的言行，可以感受到什麼是和藹可親？什麼是長者風範？老師年歲雖高，經歷豐富（曾當過縣長）、但他平實、認真的教學，從不誇大自己、吹捧自己，有君子之風。聽他的課，真是如沐春風。大四時，班上黃智園同學的畢業論文就是跟高老師寫的。

大學畢業後，老師已歸返天上，真是難以預料，難以接受。此後，走在文理大道，徘徊教室的迴廊，不禁時時憶起老師的風采。

# 精通語言，幽默風趣

## ——記憶中的方老師（師鐸）

方老師（師鐸）是一位學問淵博、幽默風趣的好老師。不過他開的課，往往令學生，一則以「敬」，一則以「畏」。

就「聲韻學」說吧，方老師上課時，總是很清楚的歸納古音的演變、音值的測定等等。可是一下課，許多同學總覺一頭霧水，「莫宰羊」的居多。一到考試，成績二三十分的同學，比比皆是。再說「訓詁學」，融合了古代、現代字義解說，兼含語法上的分析，雖然有些枯燥，不過方老師總有辦法讓學生聽得津津有味，可是考試時，同學的成績總是「生」「死」未卜。研究所的課，講「語法」、「詞彙」，因為老師說明時，轉換快，常令同學追之不及。

老師從中文系退休後，繼續在研究所（以前系、所系分開）服務。由於老師學問淵博，所以指導的學生多。此外，由於方老師身逢戰亂（八年抗日），東奔西跑的關係，對各地風土民情了解多，所以有關這方面的「雜著」亦不少。

方老師最令同學喜歡的是幽默風趣、和藹可親。在談笑中，總是藏著「玄機」。這個「玄機」，常是「諷刺」，「諧謔」的。有時候也「諷刺」同學，弄得同學不知如何是好。

老師治學嚴謹，除了博覽群書外，重視語音調查。自己所寫的著作，有時先用錄音機錄好，請同學抄錄（我也曾幫老師抄過——工讀），然後再修正。作品不但深入淺出，而且十分精審。

我大四那年，班上辦畢業旅行，到谷關露營。方老師時任導師，隨大家一起到谷關，他手裏拿著手杖，嘴上叼著香煙，頭上頂著白色蓆帽，有類英國紳士。他雖然沒有跟我們一起露營，不過卻給我們許多「加菜錢」，令我們飽餐一頓。

前幾年老師八十大壽，系所許多同仁為老師準備餐會，看老師神采奕奕的樣子，與師母容光換發的神態，令人羨慕。老師過往，師母說，老師表情十分平和、安詳。的確，老師一生淡泊，專心讀書、寫書、教書，無怨無悔的教育下一代，含有崇高的基督奉獻精神。參加公祭的人很多，大部分都是老師的學生。看到許許多多送行的人，滿排的花圈、輓幛，備極哀榮。老師愛護、照顧學生，總算有些安慰。我也送老師到火葬場，目睹最後離別的一刻，讓這份師生情感，長留我心。

老師的著作如：《方師鐸文史叢稿》（上下篇）、《傳統文學與類書的關係》、

《刨根兒集》、《增補國音字彙》、《常用字免錯手》等等，在學術上都有很高的評價。

# 專擅文字、文學，生活樸實

## ——憶江師舉謙

民國八十八年（一九九九）元月十五日夜晚，傳來的電話聲，把我從睡夢中驚醒，江惠民（江老師公子）說：老師在十四日凌晨過世了。頓時，心中一陣悲慟。想起前些日子，江老師躺在榮總急診室，我去看他，見他鼻子戴著氧氣罩，右手滴著點滴，且雙手綁在床架上，彷彿在生死之間掙扎。除了安慰惠民，也告訴惠民，老師在教育界服務一生，貢獻很多，尤其在東海，從創校至今，未曾間斷，嘉惠無數學子。如今走完人生，就其貢獻，足以慰其平生。

江老師是一位樸實、負責任的老師。他的生活簡樸，教學用心，在多年的教學生涯中，從不遲到、早退，也不缺課，他的教學態度，令我印象深刻。

民國五十五年，我考入東海中文系就讀，雖然距離現在已有五十幾個年頭，當時情景猶然歷歷在目。我記得當時他兼中文系主任，上的是必修的「文字學」，老師每次都很早到教室，有時親自抄黑板，上課鈴響後開始講解，對於每個字的甲骨文、金文、篆文等字形的源流、變化、各家文字的詮釋，娓娓道來，清晰、明白。使原本枯燥的課目，變得十分活潑生動。大四時，必修「學士論文」，我撰寫的題目是「說文解字中的古文研究」，是江老師指導，使我在學術上奠下了良好的基礎。雖然，上研究所時，興趣轉向文學研究，但是，江老師的指導，仍然銘感於心。

民國七十年十一月，梅可望校長為推動東海文藝風氣，創「東海文藝季刊」，我擔任總編輯，當然，江老師為文學院院長，擔任季刊社社長，趙滋蕃老師、方師鐸老師為顧問。江老師喜愛創作，除了鼓勵同仁及學生創作外，他自己也時常發表作品，並且開闢古典詩詞專欄。直到退休以後，江老師一直保持讀書、寫作的習慣。由於後來我參加書畫會，才知道江老師與書畫會的多位書畫家交往密。

江老師有豐富的人生經歷。從小學教員、主任、校長、中學教員、主任、校長。民國四十四年起，任教東海大學，曾任中文系系主任，文學院院長等職，也曾任中興大學、靜宜大學、中國醫藥學院（今為中國醫藥大學）等校教授，亦擔任韓國民大學特別獎座。曾獲文復會菲華特設中正文化獎優良著作獎，嘉新文化優良著作獎等。

江老師治學甚勤，主要作有：《詩經韻譜》、《說文解字綜合研究》、《六書原理》、《詩國風籀略》、《澄廬學叢》、《六書問題及其他》。退休以後，並著有《學廬文存》、《文章探原》等書。

江老師一向早起早睡，身體十分健康。退休以後，讀書寫作，參加藝文活動，頗能自得其樂。直到有次在浴室不慎摔跤，所幸原先與張文炳老師相約第二天健康檢查，張老師在當天早上約他去看醫生時，敲了很久的門，最後才聽見傳來微弱的呻吟聲。爾後，張老師，與一位適來送信的郵差，以及我等三人，合力扶他上床休息。隨後，急送老師至中國醫藥學院急診室。後來，動完手術回家，經過一些時日，因縫合不好，引起細菌感染，發炎。自此以後，先後至中國醫藥學院、草屯澄清醫院、中港路澄清醫院、中清路的醫院、林森路的醫院、榮總醫院、臺大醫院、臺北三峽的醫院等等，二三年間，經常進出中北部大大小小醫院。老師何其不幸，在晚年時候受此病苦。

由於老師晚年獨居，行動不便，赴醫院就診時，也多會電話通知我，而我也常常拜託事務組陳長銘先生、或宣康龍先生協助。這幾年，由於身體疾病，老師日漸衰弱，後來久醫不治，雙腿腫脹，十二月三十日又因高燒，再入榮總急診室，後雖轉院臺北，但已藥石罔效，留下無限的哀思。

老師與師母情深意濃，憂患相共。師母過世後，老師有許多追憶的作品，真摯感人。其中一首：〈遣悲懷——悼念蕾蕾（江師母）逝世十週年〉詩云：「萬法如輪轉，命運若游絲。聚散隨緣起，緣盡意可之。」明知聚散隨緣，近八十歲的老人，亦難忍心中的悲傷。如今，老師已隨師母遠行，世間的悲歡、禍福、得失、毀譽，亦將如輕風淡雲、漸行漸遠了。

二月五日，我和系上幾位同仁往赴臺北靈糧堂，參加追思禮拜，短暫的旅程，當日往返，奔馳在高速公路上，想到生活中有數不盡的來往奔波，而人生的路程，卻永遠是單程的出發與終結。

生命是何其可貴，又何其脆弱，細數我大學時代的老師們，像：高葆光老師、徐復觀老師、孫克寬老師、方師鐸老師、梁容若老師、蕭繼宗老師，還有朱雲老師等等，都已相繼下世，留給後輩無限的惆悵與孺慕之情。

每天來往於熟悉的校園，山風依舊如昔，而人事幾多變遷。緬懷師恩，傳承志業，在教育的道路上，我們這一代，如何才能走得得更寬廣踏實，午夜夢迴，令我徬徨憂心不已。

# 率性詩人
## ——追憶孫師藹盧（克寬）一二三事

聽到孫師藹盧（克寬）於八十二年（一九九三）五月九日在美病逝的消息，心情十分沉痛。

孫師是一位率性的詩人。胖胖的身子，髯鬆的白髮，愛著長袍，隨風飄逸，十足詩人風韻。我唸大學時，孫師開「歷代文選」、「詩選」、「杜甫詩」等課。「歷代文選」、「詩選」是必修課，所以早期東海中文系的同學，都得修這二門課。孫師上課時，如風過長林，綿綿不斷，忽遠忽近，忽古忽今，把古今詩人的風範結合在一起。

記得學生時代，最高興的是星期一的「詩選」課，因為那時的孔德成教授（前考試院院長），兼任系上「禮記」課，二週來東海一次。孔師來時，往往邀孫師小酌，甚至酩酊。真醉了，學生才高興，可以名正言順的「放假」一堂。

大二，孫師當我們導師，請同學到家裏包水餃，大家吃飽喝足，十分高興，吃好了，還熱舞一番（有些同學），孫師、孫師母也都很照顧我們，由於班上同學少（二十幾位），老師、師母對同學都很熟悉。

大三，孫師帶班上同學到大坑賞梅，正是臘月時，梅花綻放，眼望過去，一片花海，仔細看，朵朵梅花，傲立枝頭，與颯颯的北風相抗。師生吟詩飲酒，風雅之至。

文學院女同學多，女同學對詩文體會細膩，所以，女生較易受到老師的青睞。班上如：王素瑛、蘇麗文、劉馨等同學，常受到孫師鼓舞。記憶中，班上同學如：杜天心、劉馨、趙宜、段斌儒、蔡惠凱等同學，都是孫師指導大學畢業論文的。

孫師不僅是國內少數最優異的詩人之一，治學十分勤快、嚴謹。每次下課，我常看孫師跑圖書館，力學不輟。所以他的文學作品、學術著作很多，如：《繭廬叢稿》、《海角閒雲》、《蒙古漢軍及漢文化研究》、《元代漢文化活動》、《元代金華學述》、以及《分體詩選》等等，令人敬佩。

孫師人緣很好，當時像：蕭師幹侯（繼宗）、徐師佛觀（復觀）、方師師鐸、梁師容（在梁師《文史叢論》有孫師〈容若新著漫題〉詩）、朱師龍安（雲）、戴教授君仁等等，來往的交情不錯。

孫師是孫立人將軍侄子，信奉基督教十分虔誠，是一位好教徒、好老師，把他的黃金歲月，留駐在東海，甘於淡泊，教育、培育東海許許多多的人才，令人敬佩。

孫師病逝於洛杉磯嘉菲爾醫院的消息傳來，東海有許多他的同仁（老師輩）、學生，無法參加喪禮感到遺憾，心中的愧疚與沉痛，難以自抑，寫這篇短文，作為紀念。

＊去年（二〇一七）學校成立徐復觀教授講座，徐老師的家屬成員來東海，會後送徐老師家屬的碑文，便是用孫老師當年撰寫的〈挽詩〉，我有幸抄寫騰錄，贈送徐師家屬。

# 博學多聞

## ——憶梁師容若

大學時代，梁容若老師開大一的「國學讀」，與大二、大三的「中國文學史」課，都是必修。

「國學導讀」課，用的教材是：屈萬里先生著《古籍導讀》，和張之洞、范希曾編著《書目答問補正》。梁老師學問淵博，上課中旁徵博引，使得內容也充實多了。

大二、大三梁老師開「中國文學史」，用的教科書是劉大杰的《中國文學發展史》。中國文學源遠流長，不論是縱向的時間、橫向的空間，各種文學體裁、地方俗文學、非常繁多、複雜。而梁老師都能如數家珍般的說出，讓青年學子受益良多。

雖然梁老師的課，有時覺得有些單調、呆板，但老師敦敦不倦的教學精神，也令人感動。

梁老師除了在教育工作崗位、培育青年外，在推廣文化方面，另有貢獻。那就是從民國四十年九月創辦《古今文選》。這份刊物，往往選擇古往今來名篇，作一詳實的介紹。因為《古今文選》的發行，使得許多教師，甚至社會人士，可以藉此進修，在中國文學的認知上，有更深一層的理解。

值得一提的是，國際知名學者杜維明教授，（今為中研院院士），在大四撰寫學士論文時，是由梁師指導。這是我任系主任時，邀請傑出校友杜維明博士回母校演講，他親口跟我說的，我想很多同學不知道，特別說出來。

梁老師在學術與文學創作上，也有輝煌的成就。學術著作包括：《文史論叢》、《文學十家傳》、《作家與作品》、《中國文學史研究》、《現代日本漢學研究概觀》。而散文方面有；《坦白與說謊》、《容若散文集》、《鵝毛集》、《國言與國文》、《藍天白雲集》、《談書集》等作品。

民國五十六年，梁老師的著作《文學十家傳》，獲得「中山文藝獎」，也算是梁老師一生的光輝。

# 陳問梅老師二三事

陳拱一名問梅，浙江溫嶺縣人，民國十四（一九三五）年生，國立師範大學國文系畢業，曾任東海中文系教授兼系主任，著有《撿煤屑的孩子》、《儒墨平議》、《人之本質與真理》、《王充思想評論》、《道德的理想主義闡要》、《老子無與有之解析》、《文心雕龍本義》（上下）等等，著作豐富。

中文系在民國九十四（二〇〇五年）十月廿九、三十日剛舉辦「緬懷與傳承——東海中文系五十年學術傳承研討會」，以為老師還健壯，所以沒有列入緬懷老師的對象，沒想到十一月二日校慶那天過世，令人十分傷感。

陳老師是在我大二時教我們「荀子」、大三時任「中國思想史」課。在老師教導其間，有關先秦哲理、中國思想史，讓我有清楚的認識。

記得在大學選陳老師「荀子」課，他要我們交報告，我很用心寫，發還作業時，陳老師十分讚許。此後，陳老師一直對我很好，在上研究所時，老師就即將完成的《文心雕龍本義》書，特別找我謄稿，我很感謝因為謄寫有「工讀費」，減輕我一些經濟壓力。

光陰荏苒，在我大學，研究所相繼畢業後，留母校任職，陳老師、師母也都十分照顧，讓我銘記在心。尤其與內人張文璞女士結婚，是陳師母介紹的，師母的費心，更是值得一提的。

老師教學用心，準備教材花費許多功夫，上課專心一意的講解，所以老師的教學很受學生敬重。記得大學同班王素瑛同學跟陳老師寫學士論文。

老師退休後，住在學校宿舍一段時間，也都在寫著作。而後至美國與兒孫一起住，直至後來，傳因病逝世，令人有無限的傷感。

＊本文曾在陳問梅教授追思會中宣讀

# 梅校長可望博士九十壽辰

前天晚上校友們為梅校長舉辦的壽誕，看見校長如此硬朗，精神愉悅，成就如此之高，兒孫滿堂，自號「十樂老人」，當之無愧，另人稱羨。

一個人在社會上無論做什麼事都要認真負責，要積極進取，梅校長是一位典範。梅校長在民國六十七年（一九七八）接掌東海校長時，東海可說漸入衰微，他想盡各種辦法讓東海重新站穩，是東海的恩人，令人讚揚。

我的雙親如仍健在，也已九十出頭了，可惜沒有太長的時間讓我報答養育之恩。心中總覺有些遺憾。尤其常常想到父親一生農事操勞，卻沒有好好的享福，心中有無比的難過。彷彿中，梅校長是自己的長輩，受到他長久的照顧，感激之情，永無止盡。

＊梅校長已於二〇一六年蒙主感召，「仁者壽」，享壽一百。

# 值得敬佩的校長

## ——梅可望博士

我任教東海大學四十餘年，經歷謝明山、梅可望、阮大年、王亢沛、程海東以及後來的湯銘哲、王茂駿等校長。如果從學生時代算起，包括吳德耀校長，那就更多。開創東海的曾約農校長，因「吾生也晚」，來不及見到他。他是東海校友中的靈魂人物。而梅校長是我認為最值得敬佩的校長，之所以值得敬佩，是因為擔任校長期間，東海大學在低迷的環境，轉化為優質的學術環境。

據我的了解，梅校長來東海之後，承繼清華大學梅貽琦校長的說法，「只要大師，不要大廈」的口號。在此期間，延攬許多名師來海任教，尤其聘請中研院的院士、研究員等來校擔任研究所課程，一瞬之間，人才匯聚，包括招考的研究生品質優良，使得畢業生畢業後有好的出路。

其次，提高教職員同仁待遇。在梅校長未來之前，由於經費不足，東海教職員待遇比公家單位低。梅校長到任後，積極努力爭取，使得同仁待遇與公家機關平齊。提高同仁敬業之心。也因為梅校長力精圖治下，東海聲望扶搖直上，每年大學評鑑都是私校第一，領先其他私校。

再次，東海從創校以來，富於人文精神，而梅校長未來之前，有些忽略。梅校長到任後，除了理、工、農均衡發展，更重視文學院，重視人文發展。當時聘請諸多名教授、院士，主要來文學院，尤其到中研所服務。以今天來看，真是名師濟濟。此外，除了原有文學院學報外，創刊發行《中國文化》月刊、《東海文藝》季刊，以及定期發行《東海校刊》、《校友月刊》等等，每年也舉辦《東海文藝》創作獎，參與學生十分踴躍。不論老師、學生、教職員都有發表文章的空間。使得東海聲譽，遠近馳名，承續了創校時的風采，現在社會上許多名作家，如：楊明、方秋停、鄭瑜雯（今聯合報副刊主編）、沈志方等等都是當年經常投稿的學生。

最後，我特別說明，梅校長，字孝思，湖南臨湘縣人，民國七年（一九一八）出生。他特別推崇儒家忠孝節義的精神，以身作則，使得東海充滿人文氣息。晚年自稱「十樂老人」，心常開懷。反觀今日社會，包括媒體，除了強調物質、金錢、功利、慾望的滿足之外，就是政治上的鬥爭，社會的對立、紛擾，還會想到什麼？是非在哪裏？理想又在哪裏？令人迷惘。

# 能吏與名師，詩翁同禪客

## ——憶巴壺天老師

巴老師是我唸東海中文研究所時老師，當時他在臺師大已退休，來東海兼任。說起巴老師（一九〇四～一九八七）的生平簡歷，安徽滁縣人，名東瀛，字壺天，號玄廬，是中華學術院哲士。曾任安徽省府秘書、湖南省府秘書長等職。來臺後，先後任教師範大學、臺灣大學、東海大學、文化大學等。他的學問博大精深，受益的學生多。先生仙逝時，蕭繼宗老師曾作挽聯「才可兼施，能吏名師堪易地。理無二致，詩翁禪客已同龕。」稱美先生為「能吏」、「名師」，且是「詩翁」、「禪客」，在政界及學術的成就，尤其禪學研究，在當時臺灣學界可說首屈一指。因為他參究禪籍三千餘卷，探驪得珠，別具隻眼。他的著作如：《玄廬賸稿》、《藝海微瀾》（臺北：廣文書局一九八七年再版），《禪骨詩心集》（臺北：東大圖書，一九八八年）。他也傾全力作「比體詩」及「禪宗公案」研究，造詣高，堪稱獨步。臺大哲學系林義正教授也曾整理巴老師上課講義《唐宋詩詞選——詩選之部》、《唐宋詩詞選‧詞選之部》及編《巴壺天先生追思錄》出版，嘉惠學子。

巴老師來東海研究所上「清代詩話研究」課，主要是講《隨園詩話》，因為當時我的碩士論文題目是「袁枚的文學批評」，而《隨園詩話》是袁枚文學理論的重心。巴老師每次上課都很專注的分析、評論袁枚的詩學觀念，使得我在這方面快速的成長。此外，巴老師也開「文心雕龍」的課，講述「文心」「雕龍」重視文質的文學理論。所以，巴老師來東海上課，我就跟著去聽，真是受益良多。

隨著歲月的遷移，我以後又完成了《鄭板橋研究》、《吳梅村研究》等書，也都經老師審閱，也因此，我在詩學方面的研究，工力日增。乃至以後有許多詩學方面研究著作，都是巴老師指導論文時，打下的基礎。

追思往昔，老師「清癯的身材，戴著深度近視眼鏡，經常穿著一襲藍色長袍」（王熙元語），好像又在學校的長廊，正步往教室的途中。

# 忠厚長者，書人相依

## ——懷念王天昌老師

王天昌老師是我大一時代「國語語音學」的老師。我求學過程中，包括念過物理系，從來沒有一科「紅」字（不及格）。也許我出身「南蠻」（屏東人），口音重，距北平音遠，所以我的「國語語音學」成績就掛了。其實，我記得當時還十分用心學習，大概沒有遇到「知音」吧！

以後，我也在東海中文系任職，原本師生的關係，變成「同事」。不過，我還是對他十分尊敬。對於他編輯《書和人》的專業，是有目共睹。據說，他來東海，是因為梁容若老師的推薦，當時全臺推行國語，所以《國語日報》，是當時中小學生必讀的刊物，而《書和人》，往往是大學生及知識份子喜好的讀物，所以一提起《國語日報》、《書和人》，許多人都還記得梁容若、王天昌老師的大名。

與王老師相處久了以後，發現他是一位忠厚老實的人，而且秉性耿直，遇到不平的事也常打抱不平。我起初以為像他一般老實的人，應該是比較沉默。結果不是。據說，他與以前部分退休老師發行一刊物，專為正人君子打抱不平，與當時橫行霸道的師長抗衡。

王天昌老師除了上課，就是編輯，工作忙錄。晚年退休後，因為私校退休金少，生活有些拮据，日子難過。也許，政府對於公教、私教人員，應該一視同仁吧？否則，升等時何以都要通過教育部審查？難道私校的老師沒有公立老師辛苦？私校畢業生多，又多留在國內服務，貢獻社會，政府該如何看待私校教師？我們行政官員不是常到國外考察，國外是如何呢？何不想想。看到王老師身後蕭條，心中總有些感慨與不平。

# 學書記

## ——兼懷朱師龍安（雲）

我真正好好學習書法，當溯源於考入東海大學中國學系，授業於朱師龍安（雲）。朱老師服務於警界，精於書法、繪書、琴藝、劍術、……同學都說他全才。朱老師對於中國文化的修養，表現於行為舉止，使人有如沐春風之感。

記得有一次的「書法課」，朱老師要我們同學表達對中國書法的意見。我當時以為，鋼筆、原子筆是時代產物，書寫便捷，非毛筆所及，為適應潮流，應以鋼筆、原子筆為主，較實用。朱老師則認為，學習書法，固然汲取中國文化的一部分，平時可用於身心的修養，所謂「心靜自然涼」，也是這個意思。再說毛筆字，或方或圓，或正或奇，或剛或柔，或快或慢，皆能表現不同的力道，豈是鋼筆、原子筆望其項背？何況書法是固有藝術，不是鋼筆、原子筆可以取代。聽了老師這番話，內心十分感動。

大三以後，因為課業的忙碌，學習書法，或斷或續。直到研究所畢業，任教母校，生活安定，想起老師的話，想起老師誨人不倦的精神，於是天天早起書寫。舉凡：鐘鼎、石鼓、篆、隸、行、楷，皆有涉獵。四十餘年以來未曾中斷。除了對書法美感的追求，不遺餘力外，也因為天天寫字，做人做事變的更有耐心、更有恆心，值得高興。

以前與書畫學會會員到大陸，參觀西安碑林，確實壯觀。從古到今，隨時流傳。其龍鳳之姿，磅礡之勢，不隨時代興亡而毀滅，此中國文化源源流長。反觀今日，科技昌明，人圖功利，忘記文化傳承、取利現實。是以民心動盪，如果人人能多一分文化修養，社會必然減少一分暴戾，因為只有通過文化的薰陶，才懂得愛惜自己、尊重別人、疼惜社會。眼看許多年輕人「飆車」、「結夥作案」、「吸毒」、……，令人諸多感慨。也許，現代年輕人生活太舒適，對別人、社會、國家的關懷，會減損一些。生長在憂患、艱困時代的我們，心頭的擔子總是重些。不過，我對年輕人還有信心的，再過幾年的成長，說不定他們會更積極的發揚中國文化，倡導書法，使書法藝術更為普及，更為世人所重視。

朱老師在東海中文系任教，班上寫書法較出色的像何鏡聰、蘇麗文、劉馨、王素瑛、蔣萬益等同學。除了中文系同學外，還有其他學系學生來學書法，或者私下跟他學繪畫、琴藝，因此他的學生分布廣。中文系畢業系友中，像楊玖、李金星、洪文珍等教授、前臺北故宮博物院副院長何傳馨等等都是優秀的書法家。

# 中國山水畫井松嶺大師

大師這個稱呼，用在藝文界較多。因為其他各行各業都有不同專屬的稱呼。只有藝文界，尤其在美術、音樂、工藝或文學等方面，有特殊成就的人，往往以「大師」稱之，井松嶺老師在水墨山水的成就，堪用「大師」來尊稱，表達他在這方面成就的尊敬。

說起井松嶺大師，出生地在河北（今改隸山東）東明縣井庄村。書香門第，從小對書畫有濃厚的興趣，尤其山水畫，更是一生如癡如狂的喜好。在大陸念書時，就有卓越的表現。來臺後，定居臺中，任教於光明國中、省立二中，教授國文、美術。平日經常參加聯展，舉辦個展，大大小小，參展次數，幾乎難以計數。此外，與同好創立大道中國書畫學會，指導有志同好，為推廣美術教育，也到中部各大專院教授國畫，私下，也招收弟子學習書畫。一時之間，臺中地區學習書畫的人口大增。也因此，他教授的學生滿天下。後來，他離開省二中教職，專門創作、研究水墨山水，隨著歲月的推進，井老師的畫技漸漸成熟，終至成為人人口中的「井大師」。有人說他是：目前國內外少數「可以靠繪畫來過生活的畫家。」現在一幅全開水墨，至少臺幣三十萬元起跳，就可以知道井大師在畫界的行情。前陣子在北京，拍賣價是五十幾萬，以前還有一張畫賣到上百萬，令人羨慕。

井老師師承黃君璧、傅狷夫等名家，尤其受傅狷夫老師影響大，除了自己研究、創作外，如傳承傅老師裂隙法，並創滾筆法、逆筆法等，也向國寶級畫家張大千先生請益學習潑墨，井大師的潑墨可說已是自成一家。

除了繪畫的成就，井老師更重要的成就是創立大道中國書畫學會，提倡美術教育，並且藉由「美術」的「美」，提倡「高尚」、「美好」的人格，來改善汙濁的社會環境。人人知道社會混濁，但不知如何澄清？井老師認為美術教育，可以美化人生、美化人格，除去濁穢的社會。所以每次美展開幕，井老師總是大聲疾呼的提倡美術教育，來淨化人心，改變社會風氣。現在社會，尤其媒體，為了行銷，引起眾人注目，往往報導「怪、力、亂、神」的事，怪力亂神報導多，讓人覺得我們不知是活在什麼世界？也造成人心浮動，社會不安的現象。相反的，提倡美術教育的書畫家，淨化人心的宗教家，關心社會變遷的學者專家，往往啞口無言，少有報章媒體特別報導、宣揚。因此，這些人物遭受冷落。這是社會的悲哀呢？還是社會「多元」的好處？為了貪名逐利，不擇手段，甚至喪盡天良，殘害他人，令人痛心。

我曾向井老師學習水墨山水二年時間，他雖有八十幾歲，身體硬朗，教學認真，把他一生所學精華全部傳授給我們（我和游慶隆理事長）。為人不忮不求，許許多多的優點，不是三言兩語可以說完。面對紛紛擾擾的社會，井老師是一位楷模。有高超的專業美術成就，有好的人品，也有心提倡改善社會不良風氣的勇氣，這樣的人，能被遺忘嗎？

可惜二三年前已仙逝，只留下不能磨滅的記憶。

＊《一代水墨山水大師井松嶺》已由臺中：東大圖書館電子書出版（二〇一八年三月）

# 此地一遠別，迢迢隔青天

## ——懷念祁樂同老師

我念東海中文系的時候，祁樂同老師任教歷史系，也教我們中文系「中國通史」課（中文系和外文系一起上課）。

「中國通史」上下五千年，千年歷史，盤根錯節，要教得好並不容易。但祁老師每節課都準備好要講的卡片，上課時侃侃而談，事無大小，時無古今，一切掌握在手中。

祁老師上課時，神情是嚴肅的，講話是自然的，說出的話是智慧的，講課內容是豐富的，所以令學生們敬仰不已。不過因為祁老師通史課，在考試作答時，都要背誦筆記，使得學生倍感頭痛。我當學生時，記得很清楚，有位神學院的學生來東海進修，選了祁老師「通史」課，他據同學傳言，祁老師考試要背很多，那位神院同學到考試時，整晚不睡覺，躲在浴室、廁所有燈光處背筆記，結果考試成績一樣考得很差，令他十分悲慟，好像有點想尋短，恨自己選錯課。

話說回來，祁老師上課雖嚴，內容卻很充實，所以上過他的課的學生，讚美者多。經過祁老師一年的洗鍊，在通史知識上，確實增進很多。

雖然祁老師上課內容豐富，準備卡片資料相當多，不過，他是抱持「述而不作」的精神，所以，一生發表的論文著作不多。

祁老退休後幾年就過世了，令人十分酸鼻。榮總醫院附設的靈堂裡擠滿送行的人，包括祁師母、老師的親友和學生，懷著依依不捨的情懷送他到遠方。

二〇〇四年十二月三十日

祁樂同師母——陳綺叔女士九十大壽壽宴。
照片由右至左依序為：祁師母、李金星、張水木、王建生（作者）

# 謙謙君子，徐徐如風

## ——懷念藍文徵老師

我念東海中文系，大三時，選上歷史系藍文徵老師的「魏晉南北朝史」課。藍老師出身清華，是一位博學、謙虛的長者。魏晉南北朝是一個複雜、動盪的時代，聽他上課，徐徐道來，滿座生風，令人佩服藍老師的功力。令人最敬佩的是，藍老師的博學而謙卑的治學態度、教書認真的情形，他人難出其右。

每次上藍老師的課，學生都很安靜地抄著筆記，好像老師會有涌不完的智識、智慧一般；等到下課，看看筆記，學生心靈上總感覺滿載而歸。

為人態度方面，藍老師謙卑有禮的態度，令人佩服，每次學生發問，藍老師都很謙虛、幽默地回答，而且條條道理。有次，我在路上遇到老師，向老師請教問題，他同樣是客氣、委婉地回答。

雖然，藍老師走遠了，但他用心治學的情懷，謙卑待人的態度，仍使我不能忘懷。

藍老師的主要著作是《隨唐五代史》，臺灣商務印書館出版，是研究隋唐五代重要的文獻。

二〇〇四年十二月三十日

# 敬悼鍾教授慧玲

江淹〈別賦〉云：「黯然銷魂者，唯別而已矣！」的確，令人神魂顛倒、消散的，只有「別離」。生離死別，更是令人悲慟不已。

令人悲的是，熱心公益的人，一朝離去；富有智慧的人，瞬間消逝；具有正義感的人，朝夕成為永別。頓時，好像這個世界失去了正義，失去了智慧，人與人之間變得自私起來，天地間更加顯得昏暗。

認識鍾教授是福份。她從民國七十年來東海任教，至今三十年（指民國一百年）。她的一生，除了讀書求學外，把全部時間獻給了東海，尤其中文系。同仁、學生，分享她的熱心、愛心、智慧，還有正義。她任勞任怨。個人研究方面積極爭取國科會研究計畫，提昇研究品質，也因此，國內重要研究機關，如臺大、中研院文哲所、政治大學、中興大學等等名校，也都先後聘她來考研究生，或審查學術論文。國外，如香港大學、哈佛大學等，也是如此。她參加國內各大學論文發表，也到南京大學發表論文，因此，聲名遠播。而經她指導的博碩士生，獲益多，學術上有成就。

如此教學認真，努力研究的人，老天似乎沒有較多的眷顧，意然得了肺癌，不幸逝世，享壽六十，令人悲慟！

鍾教授當過中文系主任，處理系務井井有條。當系主任時，忙於公務，經常早出晚歸。後來任財團法人高等教育評鑑委員，都能恪守其職，令人佩服。她倡導兩性平權，提倡女性文學。她唸政治大學，從學士、碩士、博士，一帆風順。博士論文是《清代女詩人研究》，是開創中國女性文學的第一本專著，完成後，引起各界的關注，甚至連美國耶魯大學的孫康宜教授（今為中研院院士），也曾以此書為教學藍本。以後研究清代女性文學的學者，莫不以鍾教授這本巨著為女性文學研究的開山祖。

東海中文系的同仁，也因為她處事公正，對她敬重有加；尤其她的謙卑、謙虛，淡泊於各種名位的爭取，有點像山林隱士，保持高尚的品德。有如天上皎潔的月亮，燦爛的星星。她的急公好義，幫助急難學生，也幫助社會上的弱勢，除了人間菩薩，誰能如此？她參加慈濟、法鼓山等佛教團體，經常大筆的捐款，也因此家中有好幾位慈濟「榮譽董事」。本身生活檢樸，餐餐素食。環顧今日急私好利、爭名奪權的人，鍾教授好像一道曙光，劃破沈沈黑夜。假使這個社會，人人以鍾教授為學習的榜樣，一定是清明、太平世界。可惜的是社會上常常出現黑白顛倒，混淆是非的事情，也經常不分青紅皂白，黨同伐異，模糊好人，冷落君子，令人慨嘆。

人，無法避免生死循環，有生有死。其實生即是死，死亦是生。所謂成住壞空，生滅變化，無有間斷。每天的睡覺，就像「小死」，死亡是「長眠」，生死之差，不過一短一長的睡眠而已！

死亡，是靈魂脫體，像佛經上說的，從此「心無罣礙」，因為「心無罣礙」，瀟灑去來，離開世間。不像我輩凡俗，掛記著七情六慾，處處充滿牽絆，充滿拘束。也許鍾教授已到遙遠國度，過著自在、無罣礙的生活。像她高尚的人品，高超的智慧，急公好義的性格，死後唯一的去處必是天上。天上的菩薩是凡民的表率，只有人格高尚的人，才有機會，也才配得上西天，與佛陀相左右。

又，我在鍾老師公祭時，含淚讀了〈敬挽鍾教授慧玲〉：

驚傳圓寂摧肺肝，一生難料生死關；
昔日相聚如昨日，今朝作別淚漣漣。
天賜聰慧人稱羨，佛陀召回因這般？
一陰一陽即是道，君倡平權獨率先。
閨閣女權教育始，著作首撰女神仙。

學術名播海內外，教學兩性無區間。
鞠躬盡瘁駐東海，卅（三十）載廣澤被萬千。
博通古今愛詩詞，傳承文化有鐵肩。
急公仗義直性格，慈悲喜捨結善緣。
一日三餐全素食，佈施法雨助孤殘。
捐獻慈濟與法鼓，功德無量萬口傳。
德高真似皎潔月，玉容比如菩薩顏。
悲風浮浮天寒凍，大度山中枯金蘭。
人生如夢如幻影，音容宛在如小眠。
聖靈光華駕雲起，捨棄濁世坐彩蓮。
蓮花朵朵陪菩薩，波羅彼岸無俗牽。
天上人間有多遠？來去不知幾多年？
今日一別成千古，月應有恨月缺圓。

# 老朋友

## ——李金星教授

能夠稱為「老朋友」的不算多，因為民國五十六年（一九六七）念大學時，我與李金星教授認識，當時他唸大一，我唸大二，算是學長。早期的東海是小班制，學生少，招收的學生素質也高，而且全校住宿，所以從大一開始，學長、學姐與學弟妹都熟。不過與金星教授班上同學熟，除了住校這個原因外，也是「工讀」的關係。我大二時工讀的地點在圖書館，而且坐在借還書的櫃檯。全校師生書卡上有照片，從借書卡中，很容易認識老師、學生。尤其同系的同學。另外，金星教授也是圖書館的常客，喜歡借書閱讀。此外，金星教授學業成績很好，經常得到校內外各種獎學金，跟我一樣，大概「英雄惜英雄」，所以跟他熟稔是很自然的。當然，學生時代對同學的認識畢竟很淺，後來念研究所，因為同是研究古典文學方面，所以更熟。以後，因在東海服務，已超過四十年，如果從學生時代這樣算來，跟金星教授的友誼五十一年，超過半個世紀。半個世紀的交情可以算是「老」。

至於朋友，有很多類型，有些朋友只管吃喝玩樂，有些「互相利用」，有些「損友」，甚至坑害友人，舉目所見，往往而有。所以真心稱得上朋友，應有共同的理想、純然的友誼、不計利害，互相幫助，雖比不上歷史上的管鮑，卻也說得上以誠相待，互相扶持。

之所以稱金星教授為「老朋友」，因為他符合這些條件，到目前為此，與他相交五十餘年，夠老；而且以誠相待，公私分明、不說假話，令我敬佩。這也是我與他交情維持這麼久的原因。

金星教授教授開「中國文學史」、「中國文學批評史」、以及「小說」、「近代文學」等等重要課程，能鞭辟入裏，與學生互動很好，常為爭取學生權益，侃侃而談。也為系上同仁福利據理力爭。因為他天分高，看事準，說服力強，他的言論往往能左右同仁意見。言論正，也因此不免得罪人，有時戲稱他叫「包青天」，這也是他常常獨來獨往的原因。

偶而，系上部分同仁，如鍾慧玲教授（已過世）、周世箴教授、周芬伶教授，還有洪銘水教授夫婦，以及我，幾個人聚個餐，算是最輕鬆的時刻，可以天南地北的聊，談談笑笑，自由自在。在大度山的生活，應該最美好的一刻。

# 稟性聰慧的劉昭明教授

劉昭明教授，是一位國際知名的教授，現任教於高雄國立中山大學中文系。

劉教授算起來是我的學生輩，也可以說是朋友，說是師友吧！民國七十年（一九八一）年開始，我主編東海大學《東海文藝》季刊，他是副主編，那個時候我是中文系教授，他是學生，共同編輯學校文藝性刊物。

昭明教授，是一位才華很高的人，學生時代他曾獲得全國性論文第二名（還是第一名？）可見他的資質十分優越。後來，由於人生的際遇，幾度轉折，獲得東吳大學文學博士，獲聘中山大學中文系任教。

說實在，我個性內向，不擅交往，除了與學生朝夕相處外，友朋不多。而他是我遇過的學生最能「感恩」的。第一次到中山大學中文系參加清代學術研討會，他主動的、熱情的招待我，令我大吃一驚，雖然我對他印象深刻，因為多年來未通書信，不太認得，而他當時的表現，比現在的學生還親切、熱烈，令我難忘。

以後，由於學術上的因素，常常與昭明教授通訊。每年不論教師節、過年都記得寄卡片給我，已經幾十年了，在今日澆薄的社會中，如此的學生關係，真是少之又少。每每在夜深人靜時，想起這位學生，或者應該說是朋友，總是浮現他的身影，內心無比安慰。

# 志在天下的張志誠副院長

張志誠是美國德州大學商學院副院長，也是東海傑出校友之一，有關他的事蹟，東海校友的刊物，記載甚多。

志誠副院長是我任教東海大學時第一次遇到的學生，那時他唸的是化工系，我教的是大一國文。在我的印象中，他的國文程度好極了。我最初任教東海時，教的是大一國文，是化工與建築系，建築系我印象最深的盧偉樑，化工系是張志誠，原因是，他們的中文底子好，超乎我的想像。另外，建築系的彭康健（現為東大總務長），是僑生，因為隻身來臺就讀，也引起我的關心。孟子說：「得天下英才而教育之，一樂也，王天下，不與焉」。果然是如此。

志誠副院長當時因為國文太好，我就希望他轉到中文系，二年級時，他沒有入中文系，而轉入外文系。我想，也許外文系的出路較佳，唸唸外文系說不定將來有更好的成就，不負家人期待。大學畢業後，他到美國，完成了博士，以後輾轉唸了各科各系，成為特殊卓越人才，變成管理專家。

最難忘的是，志誠副院長回到母校受表揚，第一個就想到我，特別要求校友會安排我出席頒獎大會，自己認為學生得獎是比自己得獎更光彩。後來，校友會邀請他回校演講，每次開場白，一定先向我道謝，令全場觀眾為之感動！

人的一生，多少的榮華富貴，過眼雲烟，但有如此學生，應該是人生最大的福份。我說的，一輩子能教出這樣優秀的學生，無憾矣！

# 淡定人生的見日法師

見日法師，是我三十幾年前的學生，她本名張紫茵，那時教她們班（政治系政理組）大一國文課，在班上同學中，表現最為特殊的是，每當下課，她總想好了題目，向我請教，容易的，我當場就回應了，有疑問的，我回去查清楚出處再回答。

大學時代，她的文學表現非常好，常常在學校各種文學獎競賽中得大獎，也因此，我對她印象特別深。後來，她考取中文研究所，在學習過程中，忽然有一天，聽同學說，她休學了，我乍聽之下，十分震驚！探聽之下，知道是家庭因素。

研究所休學後，有次她來看我，那時她已剃髮修行，法號「見日」，對我而言，一時之間，有如晴天霹靂，怎麼一個上進的學生，文學根底又這麼好的學生，忽然就輟學出家？是否造化弄人？也許，紫茵天生靈慧，早已淡忘人間功名富貴，不過一場空而已！是以早日入空門，成就菩薩因緣。

以後，她在佛學院深造，出國講學，足跡踏遍東南亞各地，有次，她寄給我新加坡發行的《南洋商報》第六版（二〇一二年，八月四日）主題為：「見日法師與歐陽文風，以包容心態進行對話，不少聽眾在交流環節中均表示感動與欣慰」，贊成基督與佛教，應為互補，而對同志，認為反對者是「恐懼與不了解」，如此見解，別出新裁，揚名海外。

去年（二〇一七）八月，東海政治系舉辦畢業三十週年的餐會，也邀請我參加，久久不見的學生又重逢，真是令人高興。只可惜的是，昔日的學生、今日的法師，未見蹤影，心中幾許愁悵。

# 親屬篇

# 祖父、母

祖父王丁司，祖母吳阿綿，是兒時的記憶。曾祖父王老盛、曾祖母楊氏阿叚，因為曾祖父在日據時代大正九年（一九二〇年，民國九年）逝世，而高曾祖父王有掌在明治二十九年（一八九六年）仙逝，對我而言，真是渺遠。

小時候的記憶，祖父是較嚴峻的，不過做事認真；祖母是慈祥的，待人友善。不過生長在鄉下，知識有限，對於教育並不重視，尤其五十年的日本殖民統治，不重視臺灣民眾的教育。所以父執輩，好像只有四叔朝漢、五叔朝陣有受過小學教育，大伯父朝得有沒有受國小教育，我也不清楚。

由於傳承先輩農耕，世代耕田，而且還是佃農，家庭經濟能力可知。父執輩，天天到田裏，「只問耕種，不問收穫」，（收穫還得看老天賞不賞臉？）做個窮苦的農夫。雖然鄉下有些住宅，屬於老舊磚瓦屋，經濟力實在薄弱的可憐。

也因為農家生活，知識封閉，經濟力差，天天為生活奔波忙碌。不過，因為生活在這樣的環境，不得不培養「節儉」美德。不論衣、食、住、行，一切都很簡約。當然，如果與同村的鄰居比較，祖先們的生活，還算是差強人意的。

小時候，因為上學的關係，與祖父母互動不多，他們雖然在家裡照顧孫子，不過因為他們與五叔叔全家住一塊，以至互動較少，少向他們請安。他們平日家中深居，很少外出，偶而有些親友往來，大部分是左鄰右舍，同樣的，衣食住行都簡單。

祖父在民國五十二年（一九六三），已有七十多歲，而祖母在民國六十四年（一九七四）逝世，享壽八十餘，在那個年代，也算是長壽之人，應該說是福報了。

# 父親

父親、母親是我最熟悉的人。打從出生後，一直受父、母親照顧，包括唸小學、中學、大學甚至讀研究所、畢業後，都需要父母親的關照，一生一世，永遠記得父母親的恩惠。

先談談父親

父親王朝宗，民國八年（一九一九）五月二十七日出生，家中排行第四，依照《戶口名簿》記載，高曾祖父王有掌，祖母侯氏查某。曾祖父王老盛，曾祖母楊阿段，祖父王丁司，祖母吳阿綿，生有：長男安仔、次男春仔、三男朝得、四男朝宗、五男朝霖、六男朝漢、七男朝陣、八男王群。另有四女。生育之多，令人驚嘆。不過長男、次男早逝，父親原來排名第四，成為第二。原本戶籍地址是：阿緱廳港東中里石光見庄六拾番地，民國後，改為：屏東縣佳冬鄉石光村頂巷三號。

據《戶籍》載，曾祖父王有掌是長男，職業是「農業田佃作」，換言之，是佃農。祖父王丁司教育程度「不識字」，職業是「無」。祖母吳阿綿也相同。顯然的，祖父母因為未接受教育，平日靠做工維生。而父母親呢？教育程度，一樣是「不識字」，父親職業是「佃農」，母親則是「家庭管理」。這是日據時代社會，與家族傳承農作的關係吧。

因為沒有接受教育，父親自九歲開始便開始做工賺錢，我小時候曾聽他說「九歲時，一天賺九分錢」，九分錢，意思是不到一毛錢，這就是「童工」的代價。

隨著歲月的增長，在昭和十四年（當時日本統治，西元一九三九，民國二十八年）五月二十日與母親張清（有作靖）妹結婚，時二十歲。

父母親婚後，先有：鳳元、枝生、治等三男，皆早逝。接著有鳳英、鳳枝二女。隨後有：建生、生全、儉家、家成（六歲病逝）、成旗等。

小時候，我對父親的印象，總覺得嚴肅的、刻板的，不苟言笑，有時小孩犯了錯，他準備「藤條」（打牛用的鞭子），猛抽幾下，所以，每次看到父親，總抱著「敬鬼神而遠之」的心理。不過，父親對我，似乎不那麼嚴格，大概是因為我是長子，免不了態度溫和些，再說，早先出生有三位是兒子，相繼夭折，心理上有些顧忌。而且聽算命的說，我的前世是某富貴人家來轉世，將來會有一番事業。何況，我從小是「乖乖牌」，父母親的話，都百依百順，很小惹惱他生氣。

幼童，唸小學階段，我對父母親記憶不深，只知道父母親「日出而作，日入而息」。傍晚工作回家，媽媽常常要到黃昏市場買菜，準備晚餐。等家人用餐完畢，媽媽還得洗碗、洗衣等家事。父親白天做工時，我們常常要幫父親鋤田理草、餵牛或者做些雜事。雖然是小孩，我看見父親工作那麼辛勞，實在有些難過。尤其在烈日下，南臺灣的驕陽，似乎更狠毒，陽光就像毒針，一針一刺進肌膚。也因此，從小，我就不喜歡當農夫，因為工作太辛苦了，賺的錢也太少了。記得有次，約莫七、八歲吧，父親要我站在鐵鈀子上，鐵鈀子下面都是尖銳刀片，牛拉著鐵鈀子，要把土弄平，我站在上面實習，戰戰兢兢，驚恐萬分，唯恐摔下來，不就完蛋？

這樣的生活經驗，不僅小學到中學、高中，亦復如是。常常要幫忙農事耕作，或者假日放牛，常常整天耗在農地上。記得考取初中（省立潮州中學，今已改為國立潮州中學），放榜當天，還是在田裏工作，中午媽媽送飯來時，鄰居告訴媽媽，媽到田裏來轉告的。家裏沒訂報紙，要知道放榜消息，要到「民眾服務站」借報紙來看。在中學唸書時，家中的經濟情況，稍微好些，只不過「佃農」，靠「做工」過日子的家庭，經濟來源依舊乾涸。尤其民國四十七年（一九五六）二姐嫁給林邊竹林村的阮建先生，民國四十九年（一九六〇）大姐嫁給同村李金鳳先生，本來二位姐姐可以幫忙家務、賺錢，又落空了，我是長子，民國四十九年也才十五歲，唸初中二年級。

父母親生活的重擔，依舊如是。我唸初中、高中時，為了減輕父母負擔，常常申請清寒獎學金或者臺糖蔗農獎學金，假日，也常要幫忙工作、郊外餵牛，因此皮膚常是黝黑。加上個子瘦小，看來很不起眼。雖然學業成績還不差，不易引起別人關注，所以，初高中時，雖想交女朋友，終究失敗，一場空。

因為父親主掌家庭經濟，他覺得我考上省立中學，註冊費較低，才肯讓我升學。以後，生全二弟就沒有那麼幸運了，他雖然考取「內埔中學」，不過是「縣立」，所以就沒讓他讀。何況大姐、二姐都出閣了，家中雜務、農事繼承，都需要人來接棒，也因此，二弟被父親指定留下幫忙，不准唸初中，二弟往後的日子，便與農耕為伍。真是苦了生全弟。

高中畢業以以，我考上中原理工學院（今為中原大學）物理系，對於父親是一大考驗，因為唸私校，又是理工學院，註冊費較高，其實我也是意興闌珊，因為參加聯考時，心情不佳，雖然猛K書，畢竟無補於成績的提升，只得承認事實。沒想到父親竟然支持我讀，讀私校，最重要的是錢，錢從那裏來？既然父親同意，母親就忙籌錢，到鄰居借貸，每一筆借貸的金錢，深深地烙印在我的心裏，因為我有機會唸書，是父母親的血汗錢，而且還是借貸來，是要付利息，每每想到此處，心中的悲苦與感恩之情，交織著，不知不覺，淚流盈眶。

生我者父母，只有父母親肯為我這般犧牲。

唸中原物理系時，雖然各科成績都及格，不過情緒一直很低落。唸至一年級下學期，約莫是三月份，由於當時友人陳秋坤（唸臺大歷史系），楊俊哲（唸臺大哲學系）的勸說，鼓勵我重考，在二位好友的鼓勵下，我辦休學，決心重考，而且是轉組。這也是我人生的轉捩點。

聯考放榜，雖然沒有考上理想的大學，不過也上了頗負盛名的東海大學，當時，東海聲望高，所以，考試成績本來可以上公立大學的，因為填上東海，唸東海也決定我一生就學服務的地方。

唸東海中文系四年成績好，十分順利。畢業後服預備軍官役，服完預備軍官役後繼續唸中文研究所，都是用父母親辛苦賺來的血汗錢，或借來的金錢，甚至湊不出錢，賣了一塊地的錢，供我讀書，每當思及此處，悲傷之情，難以抑制。

父親，雖沒有特別宗教信仰，信的只是民間宗教，道佛混合的宗教，在臺灣民間隨處可見，在農曆每月的初一、十五，都茹素。也與別人一般，熱心廟會活動，幫助弱勢的人，雖說是「不識字」，但他靠自己雙手賺錢，心地善良，比起社會上「識字」的、「有頭有臉行的人」，所作作為，人格風範，有過之無不及。難怪清朝鄭板橋稱讚農夫是天下間第一等人。

記得小時候，父親常常幫忙「展叔」推銷蔬菜，「展叔」不知是父親結拜的，還是親戚的關係？還有，因種田認識的「黑胸」叔，也常互贈有無。另外，父親參加當時的勞役、義工，也是常有的事。父親與其他兄弟間，也都和睦相處。

記得有一次，大約是我唸初中時，父親種西瓜賺了一點錢，於是大手筆的買了一個大同電扇，市價約五百元，當時五百元是一個很大的數目，他感到很滿意，常常在黃昏，或者休閒時，躺在床上，吹著電扇，哼哈一些民間歌曲，樂天安命，一副好不快活的模樣。

我研究所畢業後，很幸運的留在母系服務，父親常常帶著鄉下土產來看我，我嫌他乘車不方便攜帶東西，勸他別帶。有次，內人文璞生育，父親老遠從屏東家鄉帶來土雞，還有其他食物。可惜，那一次在屏東火車站被「金光黨」騙了，洗劫一空。進了家門口，他竟然掉下眼淚！從小，我沒有見過他掉眼淚，我總覺得他是鐵漢，可是，為了給媳婦坐月子，失去了土雞還有手指上的金戒指，竟然掉了淚，那種摯愛子女的心情，令我難忘。

父親嚴肅的臉，往往令子女不敢親近。平日，我們兄弟也都不敢隨便跟他苟言談笑，所以父子之間，有些隔閡。不過，他的真情，不須用言語說明，而是在他的舉止動作。譬如，父親的幾個兄弟中，他先加蓋房子，讓我們兄弟有較寬的活動空間。最早，我們二位姐姐，四位兄弟，同父母住在一個約五六坪的房間，另外有間廚房，煮飯作菜用餐的地方，大概三四坪吧！生活的侷促可知。以後父親加建三間的房子，讓我們兄弟可以讀書作息的地方，已經極盡他的財力了。

在大雨天，或者颱風天，父親常常外出到田裏，抓青蛙，或者拾田螺之類，讓我們有可口的美食。或者到附近竹叢，摘取竹筍，水邊摘取「過貓」當蔬菜。使得平淡艱苦的日子，增添一些樂趣。

讓我記憶最深的，是一大早他扛著犁，牽著牛到田裏工作，夕陽斜照，又是同樣的畫面，珊珊歸來。一位標準的農夫，一生艱苦、困難的生活寫照，讓我終生難忘。也許他的「日出而作，日入而息」的工作精神，便是我終生學習的地方。

父母親晚年偶爾來家小住，疼惜二位孫女，偶爾也全家一起出遊到遊樂園，享受天倫之樂。

最難過的是父親七十一歲時，因為心臟無力，最後住進榮總醫院。看見他憔悴的臉龐，令人心肝欲碎，每每看到他在病床上跟我說身體很冷，我就抱著他，讓他的體溫增加。可惜有時要上課，沒法整天陪他，心中多有歉意。最後難抵病魔糾纏，離開世間。留下我永恆的哀思。

# 母親

母親，張清妹；外祖父張阿傳，外祖母余愛妹。母親在家庭排行為三女，與父親為同庚。家住玉光村，是鄰村。

母親兼有勤勞、忍耐、和善種種美德的婦人。

**就勤勞方面說**。我從小看著母親從早忙到晚。當然最辛苦莫過於將我們五六個小孩拉拔長大。平日一早，便準備全家早餐，也準備飼豬的早餐；在廚房煮飯（鄉下都吃乾飯）、炒菜，以前燒菜作飯不像現在瓦斯爐一開即可。舊的灶爐，燒著是木柴、乾草，升起火來，往往很燻，到處是煙，雖然有煙囪，不過煙氣往往四散。媽媽準備好早餐，還得準備飼養小豬或母豬的食物，然後餵食。早先，我兩位姐姐因為沒有上學，從小幫母親餵食豬仔。等全家用過早餐，母親忙著整理、清洗碗盤，光是早上就得忙上二、三個鐘頭。接著，隨著父親到田裏工作，有時工作一半，先回家燒中飯，有時留在家中整理雜物，中午準備飯菜，送到田裏一起用餐。種種瑣事，都由母親負責。要是過年過節，那可就更忙。因為還要做年糕，準備拜拜的貢品，都落在她肩頭上。不僅如此，孩子的衣服破了，要補；孩子頭髮長了，要剪；沒錢了，要借；都是母親經手。比起現在職業婦女，母親辛苦多了。

## 再就忍耐說

母親的忍耐，可從幾方面講。先說工作上的忍耐。她經常陪著父親到田裏工作，工作的份量，雖比不上父親的沉重，可是回家後，要負責全家清潔、整理、三餐，甚至牲禽的餵食等工作。再說金錢方面，母親要負責三餐的菜錢、籌小孩上學的學雜費、過年換新裝的治裝費，萬一身上錢不夠用，還要向鄰居借貸，真是辛苦。再次，父親心情不佳時，往往批評母親工作不利，真是冤枉。因為外祖父母家境不好，母親很少回娘家，也沒有餘錢孝敬娘家，心裏上一定很辛酸、淒苦。還有，對於小孩的職業、出路，念茲再茲，遇見孩子工作不順，難過之心，只能縈繞在自已腦海中。

## 再就和善說

母親待人和善，鄰居街坊莫不稱讚。尤其身為子女，更是感受良深。因為除了勤勞工作、籌劃家庭經濟，且友善鄰居。小時候在家中，就是因為母親的友善，別人眼中的我們，沉浸在幸福氛圍中。不像部分鄰居，三五日就吵一下，弄的家中雞

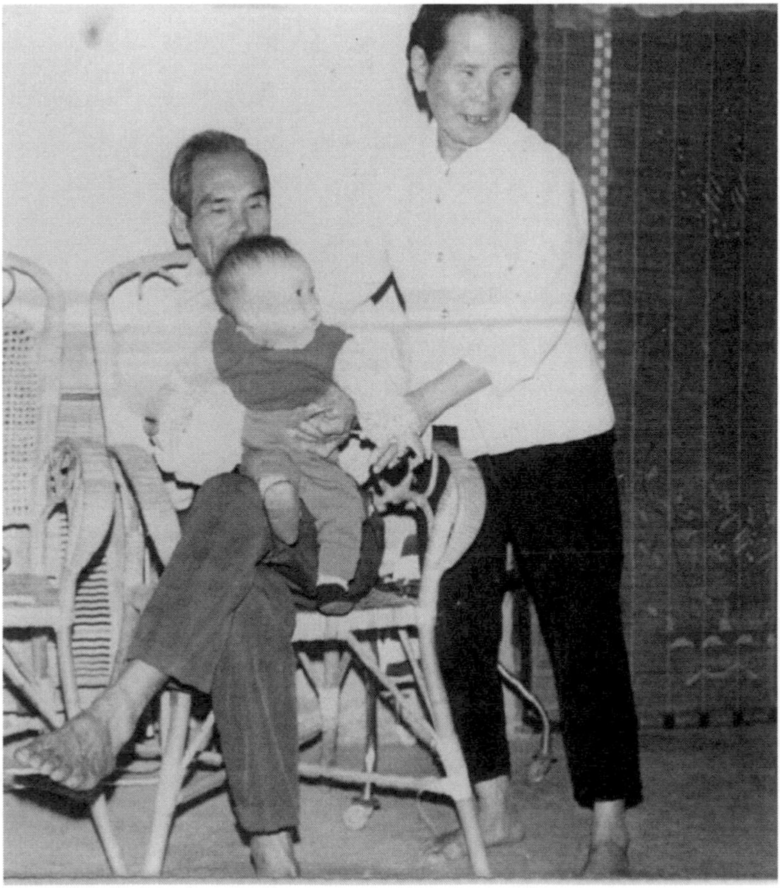

父母親與孫女

犬不寧。

## 最後，談談母親的理想

母親最的大的理想，就是扶養孩子長大。生長在鄉下，經濟力薄弱，所以母親希望孩子長大、就業。我能唸到研究所畢業，主要是母親全力支持，尤其唸的是私立大學，學雜費高，父母親咬緊牙關供我唸書，很大的幸運是我研究所畢業後，就能在學校擔任講師，安定工作，以及在自已崗位上努力。一方面因為家庭整體經濟的關係，使我不想唸博士班。另一方面，也是對東海的教育有信心，東海既是名校，何假外求?有次蕭繼宗老師要推薦我唸某大學博士班，被我婉拒了，就是對東海大學品牌的信任。而弟弟們，除了生全二弟，小學畢業後，留在家裏幫忙外，三、四弟也能想盡辦法唸到專校或高職。父母親過了一輩子窮人的生活，使我更加刻苦自勵，除了站在自已崗位不斷努力外，將來有機會多幫助兄弟，或其他人，做些公益，報答父母的恩情，尤其母親在人格、人品上，「貧賤不移」的精神，深深印在我的心裏。

# 二位姊姊

大姐鳳英，民國二十八年（一九三九）年出生；二姐鳳枝，民國二十九年（一九四〇）年出生。

二位姐姐從小幫助父母工作，十分辛苦。漸漸長大，也都獨立工作。工作項目比較多的是幫臺糖「砍甘蔗」，將甘蔗削去夾葉，再砍成一節一節，以便搬運、輸送。說起來，小小年紀就要做這麼辛苦工作，當童工、勞工，真是辛酸。

少時候記憶比較深的，父母親外出工作，我則與大姐、二姐在家玩。以後我唸小學，放學時遇到下雨，她們會替父母親帶雨傘或雨衣到學校接我，使我免於雨淋。據母親生前告訴我，大姐、二姐小時候要去昌隆唸小學，還得背著我去上學，大概是求學太辛苦了，所以後來就放棄唸書。

二姐的婚姻來的早，在民國四十七年（一九五八）就與林邊鄉竹林村的阮建成親，當年二姐不過十九歲，婚後生活也算美滿，生了弘一、弘仁、弘龍等。

大姐則在二十二歲與石光村裏的李金鳳結婚，生了一男、五女，男男女女也都很能幹，真是慶幸。

現在二位姐姐的孫子都長大了，也結婚了，而且有的受到很好教育，有唸成功大學碩士、臺灣大學博士的，一代比一代受好的教育，真該高興。

# 內人及女兒

內人張文璞女士，扶持我一生的人。除了父母親生育養育之恩，師長教誨之恩，愛妻從民國六十二年（一九七三）結婚以來，陪伴我、支持我、鼓勵我、幫助我最多的人，此情此恩，應該大書特書。

文璞與我同年出生，自小乖巧，很受長輩喜歡。因為家中環境也不是很好，所以臺中女中畢業後考取靜宜大學，後考入電信局，一生都服務於電信局。

一個人的偉大，不應只在事業方面。生活上的調理，也同樣是偉大。說女人是生活的、藝術的，而男人往往只有事業。婚後，文璞平日上班，認真負責，下班之後，操勞家務，因為我雖然也是窮苦出身，但不喜操勞家事，甚至於帶領小孩，我也有些疏懶。她就不一樣，早起，就準備一天的飯菜，天天都帶便當去上班。我呢？也是吃她早上準備的飯菜，下班以後，她趕著公車回家，往往要傍晚七點多了。有了小孩，也曾經請保姆幫忙，做一陣子。後來母親來家中帶孫女，有好幾年的光景，說起來真感恩父母親。整體說來，讓我們家庭生活順遂、圓滿，全虧文璞的操持。

勤勞與節儉，是文璞最大的美德，尤其家庭工作，更是忙裏忙外。而節儉呢？他認為錢要用在刀口上，不可隨意亂花。這些年來，衣食無缺，能過小康生活，內人擔負最重要的角色。

女兒，韞華、國華，大學及研究所畢業後，找到喜歡的工作，與大女婿湯焜德（成功大學電機研究所畢業後，任竹科工程師），外孫女湯雅鈞。二女兒國華在食品化驗公司上班，女婿朱宏彬新光擔任保險工作，外孫朱執中。

這些，就是女兒方面的事。不過外孫朱執中在一歲半時，與女兒國華來東海與外公、外婆住，其樂融融。「其樂融融」的背後最大的功臣還是文璞，是家中的擎天柱。

作者夫婦與二女合照

# 二弟生全

王生全是我的二弟，因為家庭經濟關係，一輩子滯留在屏東鄉下，過著農夫艱苦的生活，每每想起此處，內心總是十分的愧歉。

說起生全弟，從小體弱多病，在我們兄弟中，他的身體是比較不強壯的。但為了家計，小學畢業後，父親要他留在家中幫忙農務。小學畢業不過十三歲，便要學著父親「日出而作，日入而息」的農作生活。說也奇怪，原本體弱的身子，因為天天勞動的關係，身體變好了，至少比以前好很多。

從小，我一直生活在求學中，小學畢業了，唸初中、高中、大學等等。而生全弟呢？天天扛起鋤頭，帶著牛，到田裏工作，雖然，我自已覺得很順意、順利，可是思想弟弟艱苦的生活，不僅內心浮起歉意，也感到十分難過。同樣是兄弟，何以命運如此不同，爾後，我與文璞結婚，因為夫妻二人都白手起家，也沒有多餘的力量來幫忙弟弟。還好，家中留的一點土地，在父母親的督促下，過著農耕的生活，除了基本生活，弟弟很辛苦將二男一女拉拔長大。

小時候，生全弟喜歡吃魚，所以父母親戲稱他叫「魚虎」，好像專吃魚的。他身體雖然瘦小，但好像沒什麼大毛病，而且與金蓮結婚後，感情和睦，生了保強、保力，還有淑玲（現改名為品妍），都很上進。保強做事認真，雖然學歷平平，快四十歲時鴻運高照，與廖莉娜女士結婚，她是中國醫藥大學生物統計學博士，學問很好，肯與保強結婚，建立美滿家庭，真是難得。保力，東海大學資工所畢業後在竹科任工程師，與靜怡女士結婚，很得岳父母疼愛，所以岳父本住樹林，乾脆搬到新竹，互相照應方便。而淑玲結婚後，因夫家的要求，改稱品妍。婚後生活美滿。

孩子長大了，不論男女都完婚，生活也都幸福。只是生全弟與弟媳，還住在鄉下，過著農耕的生活，現在歲數較大，身體不及從前硬朗，已經減少工作。六十五歲後，每月可以領到農保費，減輕生活的壓力，感謝政府的美德，讓生活清苦的農民，得到真正的照顧。

往年農曆二月二十五日，三山國王聖誕，鄉下配合三山國王生日前掃墓，我與文璞也都回去，住在生全家過一宿，與弟弟全家談談笑笑，也算是人生的幸運！

# 儉家三弟

儉家在兄弟排行是老三，他的身體算是比較健康的，而且個性柔和，不容易生氣，待人和善，也很用心教育子女。

他的求學過程也是很艱辛。小學畢業後，他考取省立屏東中學分部南州中學，因為是「省立」的，所以父親允許他就讀。初中畢業後，在家中耽擱了一段時間，幫忙父親農事，以後，他自己考取臺糖工作，被分派至臺中大里，那時，我在東海大學唸中文研究所，偶而去探望他，生活很簡陋。因為在大里，他自己找機會，參加臺中高級工業職業學校入學，是夜間部，如此一來，白天工作，晚上讀書。生活也算踏實。高工畢業後，他繼續找機會唸書，考取一所專科紡織系，專校畢業，儉家弟辭掉臺糖工作，找到員林一家紡織廠，因此認識他的夫人劉嫦娥，共結連理。

以後，生了二位千金，上仁與藍卿，後來藍卿改名為沭惟。上仁，專科畢業後，考取公職人員，與夫婿李佳穎結婚，生活美滿。佳穎是東海資工博士，學問好。而沭惟臺北大學畢業後，到韓國留學，獲取碩士學位後，在韓國就業，今年（二〇一八）已回臺灣。

儉家弟，從小生活十分節儉，與其名字「以儉持家」相符。結婚後，夫人喜作生意，換了二次，做的較長的是開素食自助餐，已經有一段長的時間。儉家在紡織廠退休後，也在餐廳幫忙。假日到南投埔里南台禪寺修行，印證菩提，忘懷人間煩惱，真是令人欽佩。

他的個性中，最令我佩服的是節儉，前面已經提到。再補說明一下，譬如他在大里臺糖工作時，月薪只有幾百元，他不但生活順意，而且還有儲蓄。當時，我唸研究所，學校生活補助費一個月七佰元，往往生活拮据，偶爾為了買書，還向他求救——借錢，想起來真是慚愧。

除了生活節儉外，他很孝順。談起孝順，二弟生全、三弟儉家，也都十分令人敬佩。因為家裡窮，平日生活不自主的節衣縮食，社會上弱勢家庭，大部分也都是如此，而且人品上，養成孝順的性格。

此外，弟弟也很重視子女教育，在今天爾虞爾詐的社會，能夠堅持自己，不同流合污，獨善其身，及於左右鄰居，確實不易。孔子曾經說：「禮失而求諸野」，看看三弟的平日生活，真有此感慨！其實許多平民百姓，不也如此過日子？比起有些權貴、貪贓枉法，平民百姓的人品更值得尊敬。

# 成旗四弟

成旗是排行老四，因為是么子，從小，父母親可能比較疼，在家中，吃的苦也許少一些。相較於三位兄長，他的個性較軟弱。

從小，四弟唸書也算中上，所以國中畢業後，考取高雄工業職業學校，我問他，何以不考普通高中？他說聽老師講，唸職校畢業後比較有發展。等高工畢業，他卻說，不喜歡當「黑手」，喜歡當「白領」。所以畢業後的工作，少則三五個月，多則二、三年，經常轉換，讓我為他擔心不已。

在社會上東奔西走，換了很多工作，最後回去高雄落腳，是他唸書的老地方，一住就好幾年。等民國八十二年（一九九三）母親逝世後，再也沒有他的消息，真是難過。生全弟也透過一些管道查尋，也不知去向，據說是在高雄與人成親，詳情如何，不得而知。

相處多年的四弟，不見蹤影，著實令我傷感，尤其我是家中老大，在茲念茲的心情特別濃厚，每每思及弟弟的失落，心中有罪過感，因為我沒有好好的照顧他，幫助他，使他成立。當然，四弟常常避不見面，不肯與我交換意見，令我百般無奈。

是不是這就是命運？命定？先天的條件相同，由於後天的境遇、目標、努力的情況不同，造成了人生很大的分歧？

# 姻親

姻親，包括岳母周繼芝、伯父張廷楨、伯母吳蘊智，姻兄張允仁夫婦、張允民、張文璣、臧民生夫婦等等。

岳母很早喪偶，在大陸的時候，岳父張廷墉在民國三十七年（一九四八），上海病故。聽岳母說，岳父張廷墉生前是銀行界的高員，因操勞過度，所以很早逝世。民國六十二年（一九七三），與文璞結婚，在臺灣的姻親只有岳母和伯父母一家人。

岳母因為早年喪偶，生活儉樸。又因為是女性，謀事不易，所以家庭生活支出，靠著早年一些積蓄，節儉度日。伯父張廷楨在大陸失守時隨政府撤退臺灣，因為岳父臨終的託付，也帶著岳母及三名年幼子女來臺。當年大陸人士來臺，生活困苦，還好伯父任職電信局長，先是在基隆，後調來臺中，所以，岳母及子女，與伯父一家生活十年。後來姻兄允仁，考取電信局，並分配到宿舍，岳母一家才遷出。

認識內人是東海陳問梅夫人戴華輝與內人姊姊張文璣介紹的。他們經常一起坐公車上下班，因為民國六十一年時，我唸東海中文研究所，戴華輝女士為臺中女中英文老師，教過許多女學生，文璞也是女中畢業，是戴老師學生，由於我平日常常向陳問梅老師問學，所以師母很熱心的幫我介紹，我以前雖然也談過戀愛，但都無疾而終。何況以前以學業為重，談感情好像「業餘」的，經過一、二次的挫折，興趣就淡了。還真感謝師母的介紹，成全了我們夫妻。

姻兄張允仁，高工畢業就考取電信局，與大嫂陳淑貞結婚，婚後生活美滿，育有子二，慶彬、慶煥都已成家立業，一女心怡，非常努力，考上公務人員。

張允民，是伯父長子，原在公保中心做事，今已退休，允民婚後也有二子。而張安美是伯父長女，年輕時，曾在華視工作，後考入電信局，以後退休，一直抱著單身主義。

張文璣是文璞姐，長文璞三歲，移民阿根廷前在臺灣電力公司做事，後與懷恩中學教務主任臧民生先生結婚，婚後生一子士元，一女惠平，因為臧主任趕著移民熱潮，在民國七十年左右，移民至阿根廷經商，後臧主任病逝於阿根廷。士元則去美國，在當地工作，並與阿根廷小姐結婚，育有一女，生活美滿。

# 附錄　本書作者著作目錄

## （一）、專書

1《〈說文解字〉中的古文研究》，臺中：手抄本，1970年6月。
2《袁枚的文學批評》，臺中：手抄本，1973年6月。
3《鄭板橋研究》，臺中：曾文出版社，1976年11月。
4《吳梅村研究》，臺中：曾文出版社，1981年4月。
5《趙甌北研究（上、下）》，臺北：臺灣學生書局，1988年7月。
6《蔣心餘研究（上、中、下）》，臺北：臺灣學生書局，1996年10月。
7《增訂本鄭板橋研究》，臺北：文津出版社，1999年8月。
8《增訂本吳梅村研究》，臺北：文津出版社，2000年6月。
9《袁枚的文學批評（增訂本）》，臺北：聖環圖書公司，2001年12月。
10《古典詩選及評注》，臺北：文津出版社，2003年8月。

11《簡明中國詩歌史》，臺北：文津出版社，2004年9月。
12《〈隨園詩話〉中所提及清代人物索引》，臺北：文津出版社，2005年7月。
13《清代詩文理論研究》，臺北：秀威資訊科技公司，2007年2月。
14《韓柳文選評注》，臺北：文津出版社，2008年9月。
15《陶謝詩選評注》，臺北：秀威資訊科技，2008年9月。
16《詩學．詩話．詩論講稿》（上、下），臺中：東海中文研究所講義，2008年9月。
17《歐蘇文選評注》，臺北：文津出版社，2009年1月。
18《詩與詩人專題研究講稿》，臺中：東海中文研究所講義，2009年1月。
19《楚辭選評注》，臺北：秀威資訊科技，2009年4月。
20《山水詩研究講稿》（上、下），臺中：東海中文研究所講義，2009年11月。
21《鏤金錯采的藝術品──索引本評點補〈麝塵蓮寸集〉》，臺北：秀威資訊科技公司，2011年4月。
22《山水詩研究論稿》，新北市：華藝數位有限公司，2011年11月。
23《古典詩文研究論稿》，新北市：華藝學術出版社，2014年2月。
24《蕭繼宗先生研究：生平交遊篇》，新北市：華藝學術出版社，2015年8月。

25《蕭繼宗先生研究：詩與詩學篇》，新北市：華藝學術出版社，2015年9月。
26《蕭繼宗先生研究：詞與詞學篇》，新北市：華藝學術出版社，2015年10月。
27《蕭繼宗先生研究：藝術文化篇》，新北市：華藝學術出版社，2016年6月。
28《蕭繼宗先生研究：幹侯墨緣集》，新北市：華藝學術出版社，2017年4月。
29《詞話專題講稿》，臺中：東海大學中文研究所講義，2016年11月。
30《詞話專題論稿》附《滄浪詞》，臺中：東海大學圖書館（電子書），2017年8月。

## （二）、合集．文集

1《王建生詩文集》，臺中：自刊本，1990年7月。
2《建生文藝散論》，臺北：桂冠圖書公司，1993年3月。
3《心靈之美》，臺北：桂冠圖書公司，2000年11月。
4《山濤集》，臺北：聯合文學，2005年8月。
5《山中偶記》，臺北：秀威資訊科技公司，2012年3月。
6《一代山水畫大師井松嶺傳》（井松嶺先生口述王建生整理），臺中：東海大學圖書館（電子書），2017年8月。

7《吹不散心頭上的身影──王建生散文選》，臺北：秀威資訊科技公司，2018年10月。

## （三）、詩集·詞集

1《建生詩稿初集》，臺中：自刊本，1992年11月。
2《涌泉集》，臺中：自刊本，2001年3月。
3《山水畫題詩集》，臺北：上大聯合股份有限公司，2009年12月。
4《山水畫題詩續集》（附畫作），臺北：秀威資訊科技公司，2011年8月。
5《星斗集──王建生現代詩選》，臺北：秀威資訊科技公司，2014年4月。
6《滄浪詞》，臺中：東海大學中文所，2017年4月。

## （四）、畫集

1《建生書畫選輯》，臺中：天空數位圖書出版社，2013年5月。
2《消暑小集畫冊》，（上下卷），臺中：東海大學圖書館（電子書），2018年3月。
3《建生畫冊》（上下），臺中：東海大學圖書館（電子書），2018年3月。

## （五）、收集金石文物

1《尺牘珍寶》，臺中：自刊本，2005年5月。

2《金石古玩入門趣》，臺北：貓頭鷹出版社，2010年3月。

釀文學228　PG2144

# 吹不散心頭上的身影
## ——王建生散文選

| | |
|---|---|
| 作　　者 | 王建生 |
| 責任編輯 | 劉亦宸 |
| 圖文排版 | 林宛榆 |
| 封面設計 | 蔡瑋筠 |
| 出版策劃 | 釀出版 |
| 製作發行 | 秀威資訊科技股份有限公司<br>114 台北市內湖區瑞光路76巷65號1樓<br>電話：+886-2-2796-3638　傳真：+886-2-2796-1377<br>服務信箱：service@showwe.com.tw<br>http://www.showwe.com.tw |
| 郵政劃撥 | 19563868　戶名：秀威資訊科技股份有限公司 |
| 展售門市 | 國家書店【松江門市】<br>104 台北市中山區松江路209號1樓<br>電話：+886-2-2518-0207　傳真：+886-2-2518-0778 |
| 網路訂購 | 秀威網路書店：https://store.showwe.tw<br>國家網路書店：https://www.govbooks.com.tw |
| 法律顧問 | 毛國樑　律師 |
| 總 經 銷 | 聯合發行股份有限公司<br>231新北市新店區寶橋路235巷6弄6號4F<br>電話：+886-2-2917-8022　傳真：+886-2-2915-6275 |
| 出版日期 | 2018年10月　BOD一版 |
| 定　　價 | 240元 |



**Printed in Taiwan**

國家圖書館出版品預行編目

吹不散心頭上的身影：王建生散文選 / 王建生
著. -- 一版. -- 臺北市：釀出版, 2018.10
面； 公分. -- （釀文學；228）
BOD版
ISBN 978-986-445-284-2(平裝)

855 107016133

# 讀者回函卡

感謝您購買本書，為提升服務品質，請填妥以下資料，將讀者回函卡直接寄回或傳真本公司，收到您的寶貴意見後，我們會收藏記錄及檢討，謝謝！

如您需要了解本公司最新出版書目、購書優惠或企劃活動，歡迎您上網查詢或下載相關資料：http:// www.showwe.com.tw

您購買的書名：____________________

出生日期：______年______月______日

學歷：□高中（含）以下　□大專　□研究所（含）以上

職業：□製造業　□金融業　□資訊業　□軍警　□傳播業　□自由業

□服務業　□公務員　□教職　□學生　□家管　□其它_____

購書地點：□網路書店　□實體書店　□書展　□郵購　□贈閱　□其他

您從何得知本書的消息？

□網路書店　□實體書店　□網路搜尋　□電子報　□書訊　□雜誌

□傳播媒體　□親友推薦　□網站推薦　□部落格　□其他__________

您對本書的評價：（請填代號　1.非常滿意　2.滿意　3.尚可　4.再改進）

封面設計____　版面編排____　內容____　文／譯筆____　價格____

讀完書後您覺得：

□很有收穫　□有收穫　□收穫不多　□沒收穫

對我們的建議：____________________

____________________

____________________

____________________

請貼
郵票

11466
台北市内湖區瑞光路 76 巷 65 號 1 樓
**秀威資訊科技股份有限公司** 收
BOD 數位出版事業部

（請沿線對折寄回，謝謝！）

姓　　名：＿＿＿＿＿＿＿＿　年齡：＿＿＿＿　性別：□女　□男

郵遞區號：□□□□□

地　　址：＿＿＿＿＿＿＿＿＿＿＿＿＿＿＿＿

聯絡電話：(日)＿＿＿＿＿＿＿＿　(夜)＿＿＿＿＿＿＿＿

E-mail：＿＿＿＿＿＿＿＿＿＿＿＿＿＿＿＿